双葉文庫

大富豪同心

闇の奉行

幡大介

目次

闇の奉行　大富豪同心

この作品は双葉文庫のために書き下ろされました。

第一章　北町奉行、上郷備前守《かみざとびぜんのかみ》

一

夜。冷たい風が吹いている。

「嫌な季節になってきやがったな」

誰かの呟《つぶや》きが闇《やみ》の中から聞こえてきた。目を凝らしても何者の姿も見当たらない。

ここは大川の河口近くの河岸《かし》――。大小の入舟《いりふね》が巡らせてある。

入舟とは海の波から舟を守るために造られた運河のことだ。防波堤がその名で呼ばれることもある。

船舶は横から波を喰《く》らうと転覆してしまう。江戸の内海は波が高い。

水路の法面《のりめん》（土手）には石垣が積まれてあった。土留めの杭《くい》が打たれた場所もある。梁《はり》の落ちた蔵や、壊れた物置小屋も見えた。かつては湊《みなと》の荷揚げ場だった広場も、今では枯れ草が生い茂っている。いかなる災害が、この一帯を襲ったのであろうか。

放棄された船着き場は潮風と高潮に晒《さら》されて、あっと言う間に荒廃する。野良犬や野良猫の棲家《すみかー》となり、無宿者や悪党の隠れ家となった。

潮が満ちてきた。石垣に打ちつける波の音が高く聞こえる。海に近いこの場所は、満ち潮になると海の水が水路の奥まで入ってくる。

にもかかわらず潮の匂いはしなかった。北から強い風が吹いていたからだ。木枯《こが》らしである。季節は秋から冬へと移り変わろうとしている。

闇の中で枯れ草が揺れた。一人の男が、草むらを踏み分けながらやって来た。瘦身《そうしん》で背が高く、眼光が鋭い。冷たい風が吹いているというのに着流しの小袖《こそで》一枚の姿だ。腰には長刀を一本、落とし差しにしていた。

見るからにうらぶれた浪人者の姿である。ギロリ、ギロリと険悪な眼差《まなざ》しを四方に投げつけている。

ふと、足を止めると、何を見つけたのか、闇の虚空《こくう》を睨《にら》みつけた。

と見るや物も言わずに抜刀し、真っ暗な闇を切り払った。

カランと乾いた音がした。

闇の中には真横に一本、黒い紐《ひも》が張られてあったのだ。紐には鳴子《なるこ》が仕掛けられていた。気づかずに踏み込めば紐に足が引っかかって、盛大に鳴子を鳴らすことになるのだった。

男は見事に紐を断ち切ったが、

「誰でぇっ？」

鳴子の音を消し去ることはできなかった。闇の中に潜《ひそ》んでいた男たちが走り出てきた。

禍々《まがまが》しい連中である。粗末な着物で、髷《まげ》もろくろく結っていない。月代《さかやき》やひげを伸ばしている者もいた。

悪党ヅラの男たちが十人ばかりで浪人を取り囲む。浪人は抜き身の刀を手にしている。悪党たちは油断なく距離を取りつつ、懐《ふところ》に片手を突っ込んだ。匕首《あいくち》などの凶器を摑《つか》んでいるのに違いない。

悪党の中から、貫禄《かんろく》のありそうな中年男が前に踏み出してきた。正面から浪人者を睨みつける。

「浪人さん、いってぇここに、なんの用ですね」

凄《すご》みの利《き》いた錆《さ》びた声音《こわね》で質《ただ》す。

浪人は男の顔をジロジロと睨《ね》めつけている。

「貴様が天神《てんじん》ノ悪兵衛《あくべえ》か」

「そうだと言ったら、どうするね」

浪人は「フン」と鼻を鳴らした。

「大仰《おおぎょう》な名前を名乗っていやがるぜ」

小馬鹿にしたような物言いだ。悪兵衛と周囲の男たち——おそらく悪兵衛の子分であろう——が色をなした。

「野郎ッ、手前《てめ》ぇのほうこそ、どこのどいつだ。名乗りやがれッ」

筋骨逞《きんこつたくま》しい相撲《すもう》取り崩れのような男が踏み出してきた。

浪人は刀の切っ先を男の鼻先に突きつける。一瞬の太刀捌《たちさば》きだ。目にも止まらない。

相撲取り崩れは「うッ」と呻《うめ》いて足を止めた。

浪人は「ふんっ」と鼻を鳴らした。

「息が酒臭《さけくせ》ぇぞ。それ以上近づいてくるんじゃねぇ」

「野郎ッ」

悪党たちは、いよいよ立腹の面相で、懐の匕首を次々と抜いた。闇の中で刀身がギラリ、ギラリと続けざまに光る。

浪人は悠然《ゆうぜん》と眺めている。

「滝口《たきぐち》ノ平吉《へいきち》に呼ばれたから来たんだぜ。天神ノ悪兵衛一味が、腕の立つ者《モン》を集めてるってな」

悪党たちは刃をわずかに引いた。一人が質す。

「平吉兄《あに》ぃが言ってた、凄腕《すごうで》の助《すけ》っ人《と》ってのは、あんたですかい」

「そういうことだ」

浪人は刀を鞘《さや》にパチリと納める。

周りの悪党たちは期せずして一斉に「ふーっ」と息をついた。緊張が解けたのだ。

悪兵衛が浪人を、頭のてっぺんから爪先まで値踏みする目つきで見た。

「確かに腕は立つようだが……、平吉はどうしたぃ。なんだって手前ぇ一人でそのツラぁ出したんだ」

浪人は背後の闇を親指で示した。

「役人の手先らしい奴《やつ》がウロついていやがった。平吉はそいつの目を引きつけて川の向こう岸まで走る気だ。その隙《すき》に俺だけこうしてやって来たってわけだ」

「なるほど平吉め、抜かりはねぇな」

そう言いながらも悪兵衛は、半信半疑の顔つきである。

浪人は袂《たもと》を探った。

「平吉からコイツを預かってきたぜ。仲間内の符牒《ふちよう》だそうだな」

半分に折った櫛《くし》を差し出す。相撲取り崩れが受け取って、自分が持っていた半分と合わせた。断面がピタリと合った。

「間違いねぇようですぜ」

悪兵衛に向かって言う。悪兵衛は「ふん」と鼻を鳴らした。

浪人は、ブルッとわざとらしく身震いをした。

「貧乏浪人の薄着にこの夜風は辛《つれ》ぇぜ。隠れ家に案内しておくんなよ」

「いいだろう。こっちぃ来やがれ」

悪兵衛が背を向けて歩きだした。

浪人は後に続く。その周りを悪党たちが取り囲む。仲間の紹介でやってきた助

っ人とはいえ、心を許したわけではない。片手を懐に突っ込んで匕首を握ってい
る。

一行は闇の中を歩いてゆく。草むらの向こうに空き家が建っていた。

浪人はその屋根を見上げた。

「あれがお前たちの隠れ家か」

「そうよ」

悪兵衛が答える。浪人はニヤリと笑った。

「京橋《きょうばし》の大店《おおだな》から、かどわかしてきた子供も、そこにいるのか」

「そういうこった」

「それさえ確かめれば十分だぜ」

いきなり刀を抜くと、左右に張りついていた悪党をほとんど同時に打ち倒し
た。ヒラリヒラリと身を翻《ひるがえ》し、刀を二度、振るったのだ。

「ギャッ」

「グエーッ」

悪党二人が倒れた。

悪兵衛が怒鳴る。

「なんの真似《まね》だ、手前ぇ！」

浪人はビュッと刀の切っ先を悪兵衛に突きつけた。

「御用だぜ悪兵衛！　神妙にお縄につきやがれッ」

悪兵衛は目と歯を剝《む》いて激昂《げっこう》した。

「手前ぇ！　役人の手先だったのかッ」

「〝役人の手先〟じゃねえッ、役人だッ」

叫ぶやいなや、またも刀を一閃《いっせん》させた。強面《こわもて》の悪党が打ち倒された。握っていた匕首がカランと地に落ちた。

悪兵衛が後退《あとずさ》りながら吼《ほ》える。

「やっちまえッ」

「そりゃあこっちの台詞《せりふ》だッ」

役人が叫ぶと同時に、周辺の野原で呼子笛《よびこぶえ》が吹き鳴らされた。甲高《かんだか》い音が夜空を裂《さ》いて響きわたる。

龕灯《がんどう》の明かりが向けられる。高張提灯《たかはりぢょうちん》が何本も立つ。

提灯には三つの波が描かれてあった。〝三波〟で〝みなみ〟すなわち南町奉行所を表している。「御用だ！　御用だ！」と捕り方の声がする。こちらに向かって大勢が押し寄せてきた。

相撲取り崩れはうろたえきった顔つきだ。

「囲まれてやすぜッ」

悪兵衛も四方に急いで目を向ける。どちらを向いても高張提灯があって、「御用だ」の声が聞こえた。

「くそっ、こうなりゃあ、力ずくで切り抜けるまでよッ！」

腰の長脇差を抜く。

「手前ぇだきゃあ、生かしちゃおけねぇッ」

自分を騙《だま》した役人に目掛けて、長脇差を構えて突っ込んでゆく。

役人はサッと身を翻して刺突《しとつ》を避けた。

「馬鹿めッ」

鋭く刀を振り下ろす。突っ込んできた悪兵衛の肩を打った。

「ぎゃあッ、斬られたッ」

悪兵衛はもんどり打って地面に転がる。

「痛《いて》ぇよう。痛ぇ」

悶絶《もんぜつ》する悪兵衛に、役人は侮蔑《ぶべつ》の目を向ける。

「刃引《はび》きだ。死にゃあしねぇ」

刃がついておらず斬れない刀を刃引きという。生け捕りに使われる。続けて突っ込んできた別の悪党を避けて、峰でボコッと殴りつける。

「……もっとも、いずれは死罪となるお前たちだがな」

「畜生《ちくしょう》ッ」

相撲取り崩れが、土手に刺さっていた杭の丸太を引っこ抜いた。

「うおおおおッ」

雄叫《おたけ》びを上げて振り回し、役人に迫る。丸太の重い一撃を刀で受け止めることはできない。刀が折れ曲がってしまう。おまけに杭は長い。懐に飛び込むこともできない。

「手前ぇのド頭ァ、叩き潰してやるッ」

相撲取り崩れは丸太を思いきり振り上げた。その瞬間、役人は刀の柄《つか》から小柄《こづか》を抜いて投げた。

「ぎゃっ」

小柄が相撲取り崩れの目に突き刺さる。相撲取り崩れは丸太を取り落として顔を押さえた。

「目がッ……オイラの目が……！」

役人はすかさず駆け寄って相撲取り崩れの膝を蹴った。膝の皿が砕ける音がした。

相撲取り崩れはその場に倒れ、顔と膝を抱えて転げ回る。

「御用だ！　御用だ！」

捕り方が駆けつけて来た。倒された悪党たちを引き起こし、縄を掛けてゆく。

悪兵衛は歯噛《はが》みして悔しがっていたが、ついに観念した様子で長脇差を投げ捨てた。その場に腰を落として、ふてぶてしく大胡坐《おおあぐら》をかいた。

「俺の負けだぜ！　さぁ、縄を掛けておくんなよ！」

「神妙だぜ」

悪兵衛は夜空を見上げて吼えた。

「南町の八巻《やまき》に捕まったってんなら、悪党冥利《みょうり》に尽きるってもんだ！」

「なんだと……！」

役人は一瞬、呆気《あっけ》にとられた顔つきとなり、次には鬼の形相《ぎょうそう》となった。

「手前ぇ！　今、なんてぇ抜かしやがった！」

悪兵衛は役人を睨み返した。

「お前さんが人斬り同心とその名も高《たけ》ぇ、南町の八巻サマなんだろ。南北町奉行所一の同心サマに捕まったってんなら、俺の悪名もズンと揚がるぜ」

「この野郎ッ」

役人は激昂して、悪兵衛に暴行を振るい始めた。殴る蹴る。

「誰が八巻だと！　この野郎ッ、ぶっ殺してやる！」

捕り方と同心たちが駆け寄ってきた。

「村田《むらた》さん！　やめてください！」

南町奉行所同心の尾上伸平《おがみしんぺい》が、暴行を振るう同心を後ろから抱き止めた。同心、村田鉄三郎《てつさぶろう》は、その腕を振り払ってなおも悪兵衛に暴力を振るおうとした。

「こいつ、俺をハチマキと間違えやがった！　許せんッ」

「やめてくださいッ。捕り物で罪人を殺したりしたら、我らのお奉行が、責めを負わされますッ」

尾上は捕り方に顔を向けて叫んだ。

「お前たちッ、村田さんを押さえるんだ！」

もう、誰が罪人なのかわからない。南町奉行所の捕り方たちは、村田を真ん中にして組んずほぐれつし始めた。

二

翌日。ドーン、ドーンと、太鼓《たいこ》が打ち鳴らされている。

江戸城の真上に初冬の澄んだ青空が広がっていた。白亜《はくあ》の櫓《やぐら》と城壁が眩《まぶ》しい。

江戸城の郭《くるわ》は水堀と石垣によって区切られている。俗に〝大名小路《だいみょうこうじ》〟と呼ばれる一角に乗物《のりもの》（貴人の使用する駕籠《かご》）が静々《しずしず》と入って来た。呉服橋《ごふくばし》を渡り、外《そと》濠川《ぼりがわ》を越えた。

呉服橋御門より郭内に入れば、すぐそこに北町奉行所の門がある。

北町奉行所の門前では、与力と同心が一列に立って並んでいた。腰黒《こしぐろ》の乗物が門前に到着すると一斉に低頭した。太鼓が一段と大きく打ち鳴らされた。

町奉行所の正門は大きく開け放たれている。乗物は堂々と門をくぐった。

南町奉行所も大名小路の中にある。太鼓の音は卯之吉の耳にも届いた。

「なんだろうねぇ」

卯之吉《うのきち》は昨夜も――というより今朝も、空が明るくなるまで夜遊びをしていた。当然に寝不足で、歩きながらも寝ぼけたような顔をしていた。

ところがである。太鼓の音を聞いた途端に目をパッチリと開けた。

「お祭かねぇ？」

即座に祭を連想したのだ。

「ちょっと遅いけど秋祭かな。銀八《ぎんぱち》、こうしてはいられないよ。すぐに乗り込もうじゃないか」

太鼓の音を目指して走っていこうとする。

銀八は呆《あき》れて止めた。

「待つでげすよ若旦那。あれは祭太鼓じゃねぇでげす。北の町奉行様のご着任を報《しら》せるための太鼓でげすよ！」

卯之吉は「えっ？」と言って足を止めた。

「北町奉行様が、なんだって？」

銀八はますます呆れる。

「これまでの北町奉行様がお辞めになって、新しいお奉行様がご就任なさるって、江戸中に高札《こうさつ》が立ってたでしょうに」

江戸の町中、知らぬ者はいない。

「昨夜《ゆんべ》も朔太郎《さくたろう》さんが、その話をしていたでげすよ」

「昨夜？　そんな話をしたかねぇ。あたしが覚えているのは、住吉町《すみよしちょう》に新しくできた料理茶屋の麩菓子《ふがし》が気が利いていて美味《うま》い、という話だね。それと下谷山崎町《したややまざきちょう》の長屋で、猫が子猫を十六匹も産んだって話。あたしは別の母猫が産んだ子猫がお乳を求めて寄ってきたんじゃないかって踏んでるんだけどね。そうだ、今日は山崎町まで足を運んで、子猫の様子を確かめてこようじゃないか」

北町奉行の人事には無関心で、料理屋の評判や市中の奇譚《きたん》に関心を示す。卯之吉とはそういう男だ。

銀八は頭を抱える。

ただの遊蕩児《ゆうとうじ》ならば、それも小粋《こいき》で良いことだろうけれども、卯之吉は南町奉行所の同心なのだ。北町のお奉行様が代わったことにも気がつかないのでは、後々まずいことになる。

(若旦那は、何が起こってもまったく気まずくはねぇでげしょうが、あっしが気まずいでげす)

お供をするのが仕事なのだ。心臓に悪い出来事に直面するのだけは避けたい。

そこへバタバタと雪駄《せった》を踏み鳴らしながら、南町奉行所内与力《うちよりき》の、沢田彦太郎《さわだひこたろう》が走ってきた。なにやら血相を変えている。

この男はいつも慌ただしげで、落ち着きがない。

銀八は、

(沢田様がまた何か大騒ぎを始めたでげす)

と冷ややかに見ている。

卯之吉はさらにもっと他人事《ひとごと》の顔つきで、笑みを浮かべつつ扇子《せんす》をパタパタと使った。

沢田は卯之吉に気づくと、

「おお、ここにおったのか」

そう言いながら駆け寄ってきた。卯之吉は笑顔で低頭する。

「おはようございます。よいお日和《ひより》で」

「なにが『おはようございます』だ。もう昼だぞ」

江戸の町は日の出の前から活動を開始する。朝飯は暗いうちに食べてしまう。四ツ(午前十時ごろ)ともなれば朝とは言えない。こんな時間まで寝ぼけているのは卯之吉だけだ。

「沢田様、そんなにお顔の色を変えて、どこに行かれるんですかね」

「金策じゃ」

沢田は声をひそめた。

「北のお奉行様に、ご就任の祝いを差し上げねばならぬのだが……、ほれ、先月のお珠《たま》様の騒動で、思わぬ支出があってな……」

大奥御中﨟《ごちゅうろう》、お静《しず》の方の飼い犬、お珠が行方知れずとなり、月番だった南町奉行所は犬を見つけ出すために大変な苦労をさせられた。

「お前の発案で始まったお珠神輿《みこし》もタダではなかった。町入用《まちいりよう》で払いきれない分は、南町奉行所が立て替えたのだ」

犬の張りぼてを神輿にして担《かつ》ぎ回るという奇習が、期せずして江戸の町中で発生した。

祭騒ぎでは派手を好んで、かつ、隣町と競いだすのが江戸っ子だ。神輿は造花や幟《のぼり》で飾りたてられ、ますます費用がかさんだ。

町入用は町人たちから徴収した町会費のことだが、それだけでは到底足りない。

「しめて二両と二朱も払わされたのだぞ、我ら南町奉行所が！」

沢田は青い顔をしている。二両二朱は沢田にとっては気の遠くなりそうな冗《じょう》費《ひ》。大赤字だ。

「はぁ、そうでしたか」

卯之吉は何もわかっていない顔つきで相槌《あいづち》を打つ。

卯之吉から見れば二両二朱など、たかの知れた小遣い銭である。吉原《よしわら》の大店で宴会を張ったら二両と二朱では払いが足りない。

お珠の騒動では百両の賞金がかけられた。犬を見つけ出した者は百両を頂戴《ちょうだい》できる約束となっていた。この百両は、卯之吉の小遣いから出されたのだ。

卯之吉の金銭感覚もズレているが、沢田の吝嗇《りんしょく》ぶりも少々異常だ。沢田は町奉行所の出納帳《すいとうちょう》を眺めては、冗費を見つけて潰してゆくのが生き甲斐《がい》という、ちょっと困った男なのであった。

「北町奉行様の交代は、急な話で入用金の用意もできておらぬ。祝いの品ひとつも贈れぬとあっては、我らがお奉行のご面目《めんぼく》が丸潰れじゃ」

「はぁ」

卯之吉は、聞いているのか、いないのか、よくわからぬ顔つきだ。しかし必死の沢田は気がつかない。

「そのう……なんじゃ」

「え？　なんですかね」

「アレよ、アレ」
「アレとは？」
「ええい、察しの悪い男じゃな！　銭じゃ、銭！　三国屋《みくにや》に口利《くちき》きをして、その
う、銭をじゃな、融通《ゆうずう》してはもらえぬだろうか」
卯之吉は不思議そうな顔で沢田を見た。沢田は沢田なりに屈辱《くつじょく》を感じている
のであろう。顔を赤くしている。
卯之吉はますます首を傾《かし》げた。袂に手を突っ込んで、いきなり二十五両の包《つつみ》
金《がね》を摑みだすと、無造作《むぞうさ》に沢田に渡した。
「これで足りますかね？」
沢田の顔色が今度は青くなった。
「こんなには、いらん！」
「ご遠慮なさらずに。余った分は次の北町奉行様への贈り物を買う時までとって
おけばよろしいですよ」
「そう何度も北のお奉行の首がすげ替えられたのではたまらぬ！」
沢田はそう言い残して、慌ただしく走り去る。卯之吉はその後ろ姿を見送っ
た。

「なんだろうねぇ。いつも沢田様は慌ただしいねぇ」

自分は南町奉行所の脇門をくぐって中に入る。

(こんな時にのんびりとしていられるのは若旦那だけでげす)

銀八はそう思ったのだけれど黙っていた。

卯之吉は上《あ》がり框《かまち》から同心詰所《つめしよ》に入った。銀八は草履《ぞうり》を拾いにゆく。小者《こもの》は主人の草履を抱えて、門の脇の小屋で主人が出てくるまで待つのだ。

廊下を歩み去る卯之吉の身体《からだ》が斜めに傾いている。半分寝ぼけている。

(やれやれでげす)

銀八は小屋に向かった。


卯之吉は同心詰所に入るとすぐに長火鉢の前に進んだ。

季節は初冬。冷たい空っ風が吹いている。詰所は板張りでしんしんと冷える。卯之吉のような寒がりは火鉢の前にしかいられない。どうせ最初《はな》から仕事をする気がないのだからそれでいいのだ。

火箸《ひばし》を遣《つか》って炭を山盛りにする。熾火《おきび》が熱を放ち始めた。

「ああ～、あったかいねぇ」

猫のようにとろんとした顔つきで微笑《ほほえ》むと、そのまま居眠りを始める。夜遊びで寝不足の分を昼寝で——それも町奉行所内で堂々と——補おうというのだから、たいした度胸と図々《ずうずう》しさだ。

いつもならば同心たちは見て見ぬふりをする。本当だったら先達《せんだつ》（先輩）の同心として小言のひとつも言い聞かせるべきなのだが、三国屋の〝袖の下〟が効いている。

三国屋徳右衛門《とくえもん》が同心たちに隈《くま》なく賂《まいない》を届けて『どうか八巻様にはきつく当たってくださらぬように』とお願いしていたのだ。

賂の銭は、役人に対して絶大な威力《いりょく》を発揮する。同心たちは卯之吉の不行跡《ふぎょうせき》には何も言わない。

ところが。

「や、八巻殿……！」

同心の一人が、今日ばかりはどういう理由でか、甲高く裏返った声をかけてきた。

同心は卯之吉の前に、火鉢を挟《はさ》んで座った。卯之吉は居眠りを邪魔《じゃま》されて顔を上げた。半分閉じた目で相手の顔を見た。

「……どうしたんですかね。そんな真剣な顔をして」

真剣なのはその同心一人だけではなかった。顔を引き攣《つ》らせた同心たちが、詰所の机を離れ、仕事を放り出して卯之吉の周りに集まってくる。床に膝をついて取り囲んだ。

「八巻殿！」

普段は「ハチマキ」と呼び捨てて軽侮《けいぶ》を隠しもしない同心たちが頭を低くさせて迫ってくる。

「八巻殿は、北町の新しいお奉行と親しくしておると聞いた！」

「駿河台《するがだい》のお屋敷にも、出入りしているそうじゃな」

「その噂は本当なのか！」

卯之吉は四方八方に顔を向けた。

「皆さん、一時に話しかけられても、聞き取れませんよ」

正面の同心が身を乗り出した。

「北のお奉行と親しいという噂は……アチチッ」

「なにをなさっておいでですかね。火のついた炭の上に顔を出したら火傷《やけど》しますよ」

同心は顎を押さえて叫んだ。

「北のお奉行と親しいという噂は本当なのかッ」

「ええと……？　北町のお奉行様は、急な病《やまい》でお辞めになったと伺《うかが》いましたよ」

「お辞めなされたほうではなく、新しいほうのお奉行様だ！」

「どなた様がお奉行様になられたんでしたかね？」

「上郷備前守様だ！」

「ああ、上郷様ですか。はあ、そうなんだ」

「『はあ、そうなんだ』ではないッ」

卯之吉は、今は眠たくて仕方がない。

「そうでしたか、上郷様が……。あの御方は前《さき》の大坂《おおさか》町奉行様ですよ。どうして江戸の町奉行様になったんでしょうね」

「ご出世なされたからに決まっておろうが！」

「むにゃ」

日向《ひなた》ぼっこの猫のように背中を丸めて眠りに落ちそうになる。左右の同心が肩を支えて揺さぶった。

「なにゆえ、お前が、上郷様と親しいのだ！」

「お屋敷に出入りを許されておるとは、只事《ただごと》ではないぞッ」

「あー……もう、どうしてあたしを寝かせてくれないんですかねぇ」

卯之吉は目を擦《こす》った。

「本当に困ったものですよ」

困ったものなのは、奉行所で寝ようとしている自分のほうなのだが、そんな自覚はまったくない。

三

「ふあああーっ」

深川《ふかがわ》にある陰間茶屋《かげまぢゃや》の一室で、由利之丞《ゆりのじょう》は大きな欠伸《あくび》を漏らした。

布団《ふとん》の中からノソノソと這い出して、部屋の隅《すみ》に置いてあった急須《きゅうす》の水を湯呑《のみ》に注いで飲む。続いてブルッと身を震わせた。

「寒いねぇ。もう冬だ。そろそろ霜柱《しもばしら》が立つよ」

薄い夜具しかない。その夜具の中にはノッソリと大きな身体つきの浪人者が横たわっていた。

由利之丞は大男を揺さぶり起こした。

「寒いんだよ弥五《やご》さん。冬の布団を質屋から取り返さないといけないよ」

大男は唸《うな》りながら目を開けた。

「そんな銭など、あるものか」

大男は布団の中で背伸びをした。

「八巻氏《うじ》から頂戴した褒美《ほうび》の銭も、使い果たしてしまったのだぞ」

「じゃあ、どうするのさ。これからどんどん寒くなるってのに、冬布団がないんじゃ凍《こご》えちまうよ」

質屋に預けた布団を引き出すためには、借りた銭に利子をつけて返さなければならない。

「人の懐を当てにするばかりが能ではあるまい。お前の稼ぎはどうなのだ」

由利之丞の本業は歌舞伎の若衆《わかしゅ》役者である。

まったく売れない端役《はやく》の役者で、舞台に上げられることもなく、御贔屓《ごひいき》もつかない。顔と姿は悪くないのだが、謡《うた》いと踊りと芝居が酷《ひど》い。つまり役者としての才能がない。

こうした売れない役者は、陰間茶屋で働いて日銭を稼ぐことになっている。

陰間茶屋での上客は、水谷弥五郎《みずたにやごろう》という浪人だ。銭さえあれば由利之丞の許《もと》に通ってくる。由利之丞も、舞台に上げられることはないわけだから、結局、いつでもこうして陰間茶屋の座敷でゴロゴロと寝て過ごすはめになる。

しかし、とうとう弥五郎の銭も尽きた。弥五郎はノッソリと起き上がった。

「仕方がない。仕事を探すとしよう」

「どうするんだい？」

「八巻氏を頼るのがよかろう。あの男は銭の払いが良いからな」

「そりゃあ、そうだけどさ……」

「なんじゃ、不服か」

「若旦那に何か頼まれて仕事をすると、いつも命懸けになるからなぁ」

何度も死にかけ、殺されかけただけに気が重い。

「銭には換えられまいぞ。今の世、何から何まで銭が先だ」

弥五郎は着物の帯の弛《ゆる》みを締め直し、袴も直した。実用一点張りの重い刀を片手に摑む。

「八巻氏のところに顔を出したくないのであれば、ここで寝ておれ」

由利之丞も、嫌々《いやいや》ながらに立ち上がる。

「行くよ。実を言えばオイラもね、若旦那には訊《たず》ねたいことがあったのさ」

「なんの話だ」

「新しい北町のお奉行様のことさ。どういうお人柄なのかとねぇ、小屋主や座元《ざもと》様が心配していたからね」

江戸の歌舞伎は官許芝居といって、町奉行所から許可をもらって営業している。許可を取り下げられてしまったならば芝居興行を打つことができない。

「新しいお奉行様が、芝居嫌いの石頭だったりしたら、オイラたち芝居者はみんなおまんま食い上げになるんだよ」

「小屋を潰されるのか」

「そこまではされないだろうけれど、芝居ごとに『風紀紊乱《びんらん》がけしからん』とか難癖《なんくせ》をつけられて、幕が開かないようにされちまう」

町奉行所が責任を持って許可を与えているわけだから、演目ごとに同心が乗り込んできて芝居内容を査定する。

どのような基準で合否を出すのかは町奉行所の胸先三寸《むなさきさんずん》だ。新任の町奉行がとんだ野暮天《やぼてん》だったりすると、芝居小屋はたちまち干し上げられる。

二人は戸外に出た。途端に冷たい風が吹きつけてきた。

由利之丞は女人《にょにん》と見紛《みまが》う細身の体形だけに寒さには弱い。

「やれやれだ。春まであったかくして過ごせるだけの銭を頂戴したいもんだね」

二人は八丁堀《はっちょうぼり》にある卯之吉の役宅に向かった。


そのころ、卯之吉は日本橋室町《にほんばしむろまち》の通りを歩いていた。

冬は始まったばかりというのに早くもブクブクと着膨《きぶく》れしている。卯之吉は寒さに弱い。厚い綿入《わたい》れを何枚も重ね着する。さらには防寒の頭巾《ずきん》までかぶる。口許も覆って、出しているのは目玉だけだ。

足元は、地面の冷たさや泥水が滲《し》みてこないように、厚さ二寸（約六センチ）の草履を履く。

当然に歩きづらい。ただでさえ足が遅い卯之吉なのに、ますますおぼつかない足どりになる。

お供の銀八にとっては安心できる季節である。この格好で歩けば誰も卯之吉であると認めることができないからだ。

三国屋の放蕩息子と、南町の辣腕同心が同一人物だと知れた瞬間に破滅が待っている。変装して出歩いてくれるのであれば、何よりだ。

今の卯之吉は肥満した体形に見えるし、背丈も二寸高くなる。そして頭巾で顔を覆っている。

（若旦那だと見抜くことができるのは、筆頭同心の村田様ぐらいでげす）

悪党たちから〝南町の猟犬〟との異名を奉《たてまつ》られた村田銕三郎の眼力だけは油断ならないけれども、鋭い観察眼を持つ人物など、そうそういない。

日本橋は江戸の商業の中心地である。数々の大店と、札差《ふださし》、両替商が建ち並んでいる。

札差は、武士の年貢米を金銭に換える商人のことだ。

武士は年貢米を給与として幕府より拝受している。自分と家族が食べる分を除いて札差に売って、生活費を得る。

徳川幕府は、商業を蔑視《べっし》する儒教に心を囚《とら》われていたため、国家の金融を商人に丸投げにした。その結果、商人だけが栄えて、武士が困窮する社会を招いてしまった。

江戸でもっとも華々しく現金の飛び交う両替町（金融街）の目抜き通りを、卯之吉が歩いてゆく。

「おや？　あれは村田さんじゃないかえ」

一軒の大店の店先が騒がしい。大勢の人々が集まっていた。

南町奉行所の者たちと町役人《ちょうやくにん》たちが二十人ばかり集まってザワザワと騒いでいる。

町役人とは町人地の管理を委託された町人のことだ(自治会長のようなもの)。町内に騒動が起こった際には、町奉行所に協力して解決のために奔走《ほんそう》する。

「何があったんだろうねぇ」

卯之吉は、野次馬にスルスルと近づいた。

「何があったんですかえ」

道具箱を担いだ大工に声を掛ける。

大工は騒ぎに目を向けたまま答えた。

「伊豆屋《いずや》さんのところの娘っ子が、天神ノ悪兵衛ってぇ悪党にかどわかされていたんでさぁ」

大工や職人たちは社会の事象に通じている。一休みの際の茶飲み話で、ご隠居やおかみさんなど〝お喋《しゃべ》りがしたくてしょうがない人たち〟から町内の秘事をベラベラと語って聞かされるからだ。

「へぇ。それは怖いね。だからお役人様たちがあんなに集まっているんだねぇ」

自分も役人の一人だという自覚はない。

「なぁに。もう心配はいらねぇですよ。南町のお役人様たちが悪党どもをとっ捕まえて、娘っ子も取り戻してくれやしたからね。またまた『八巻様の大手柄』だって話ですぜ」

「へぇ？」

卯之吉は目を丸くさせた。

南町奉行所の面々は、卯之吉が役立たずだということを知っているので、捕り物出役《しゅつやく》を命じたりはしない。卯之吉自身も、同心詰所ではほとんど居眠りをしている。すぐ近くで同心たちが慌ただしく捕り物の支度《したく》をしていても、ぐっすりと熟睡していて気がつかない。

そんな次第で、南町奉行所が大捕り物を敢行したことも、悪党一味を捕縛したことも知らなかった。

「南町の八巻様がねぇ？」

卯之吉は銀八に顔を向けて耳元で囁《ささや》いた。

「確かそれは、あたしのことだったよねぇ？　八巻様は、いつの間にそんな手柄を立てたんだろうねぇ？」

「あっしに訊《き》かれても困るでげす」

「世の中は、道理にかなわぬ事ばかりさ」

「村田様に事情を訊けばいいんじゃねぇでげすか」

「いいよ別に。面倒臭い」

卯之吉は「ふわあーっ」と大欠伸をした。

もう関心を失くした、みたいな顔つきで野次馬から離れた。

四

着膨れをした卯之吉がノソノソと歩んで去った同じ通りを、別の方角から由利之丞と水谷弥五郎が歩んできた。

「なんの騒動だろうね」

こちらも騒ぎに気づいた。由利之丞が目を向ける。

「稼ぎにありつけそうな騒動だったらいいけど」

由利之丞はとにかく金が大好きで、鵜《う》の目鷹《たか》の目で小銭にありつく手段を探している。卯之吉の下で働くのは危ないから嫌だけれども、寸借詐欺や、たかり程度なら厭《いと》わない。

「よせよせ。妙な事件に首を突っこんでも大怪我《おおけが》をするだけだぞ」

弥五郎から見れば、危なっかしくて仕方がない。

銭を稼ぐことにがめついのは由利之丞に限らない。野次馬を当て込んで、瓦版売りが出てきた。

「さぁさぁ、またまた八巻様の大捕り物だよ！　大店の一人娘が天神ノ悪兵衛一味にかどわかされた！　その顚末がどうなったかはこの瓦版に書いてある！　買った買ったァ」

町人たちが群がっていく。由利之丞も瓦版を買って読んだ。

「若旦那は本当に、休む暇もないお働きだね」

海賊を退治したと思ったら、紙問屋越中屋《えっちゅうや》の内儀の骸《むくろ》を見つけ出し、そしてこんどは悪者退治だ。

「八巻氏は、ひとたび物事にのめり込んだなら、夜も寝ないで、疲れ知らずで打ち込むからな」

「本当におかしなお人だよね」

二人は人だかりを離れて、物陰に進んだ。

「今度の、この事件は、本当は誰が落着させたのかなぁ？」

瓦版を指先で摘《つま》んでヒラヒラとさせる。

卯之吉に悪党が退治できるはずもないのだから、裏で活躍した者がいるはずだ。

村田銕三郎の手柄が卯之吉の手柄だと誤解されているとは、さすがに思わない。

「おおかた、荒海一家がしてのけたのであろうな」

弥五郎は推察する。由利之丞は瓦版をクシャクシャと丸めて、通りの屑入《くずい》れに投げ捨てた。「あ〜あ」と伸びをした。

「若旦那の手柄の数々は、本当は、オイラの手柄じゃないか」

「どうしてそうなる」

確かに由利之丞は過去に何度か、卯之吉の身代わりを務めたことがある。放蕩息子の卯之吉の顔を見知っている人たちの前では、由利之丞が八巻同心を演じることもあったのだ。

由利之丞の頭の構造は、とことん自分に都合のいいようにできている。自分は八巻同心として活躍して、数々の難事件を解決した——ということになっているらしい。記憶が改竄《かいざん》されている。

「オイラが本当の八巻だと名乗りを上げて、あちらのお店に乗り込んだら、お礼の大金を頂戴できるかな」

　水谷弥五郎は、

（それは騙《かた》りであろうが）

　と思ったのだけれど、窘《たしな》めるのも馬鹿馬鹿しい。由利之丞とて、本気で乗り込むつもりで言っているのではない。ただの冗談だ。

「さて、八巻氏。これからどうなさる」

「三国屋の若旦那が見つからねぇんじゃ話にならねぇや。ひとまず八丁堀に戻るとしようか」

　由利之丞は八巻になりきった口調でそう言うと、肩をそびやかせながら歩きだした。


　由利之丞と水谷が歩み去った後、物陰から別の二人がヌウッと現れた。

「おい、与吉《よきち》。今のを聞いたか」

「聞き逃すもんかよ牛次郎《うしじろう》。俺の耳はお前の耳より確かだ」

　与吉は丸顔小太りで背が低い。色白でぽちゃっとした肌だ。

　牛次郎のほうは額《ひたい》や頬骨《ほおぼね》、顎《あご》の造りのゴツゴツとした顔だちで、背も高く、手足の節々《ふしぶし》は骨張っている。肌の色は浅黒く、その名のとおりに馬子《まご》でもやっていそうな風貌《ふうぼう》だった。

二人とも人相が悪い。一目で悪人とわかる。禍々しい目つきで、遠ざかる由利之丞たちを睨みつけた。

牛次郎は骨張った額の眉間《みけん》に皺《しわ》を寄せた。

「あの若いやつ、『オイラが本物の八巻だ』と抜かしてやがったな」

「ああ。もう一人は確かに『八巻氏』と呼んでやがったぜ」

二人は同時にブルッと身震いを走らせた。

与吉の顔色は緊張で真っ青だ。

「あれが噂の八巻かい。歌舞伎役者みてぇな優男《やさおとこ》だってぇ話だが、本当に役者みてぇな男だぜ……！」

歌舞伎役者なのだから当然である。

牛次郎は拳《こぶし》で首筋の冷や汗を拭った。

「あんな小男のくせしやがって、おっかねえ殺気をビリビリとさせてやがった」

初冬だというのに冷や汗をかかされている。

もちろん、その殺気と威圧感を放っていたのは水谷弥五郎のほうなのだが、物陰からオドオドと見守っていた牛次郎には、しっかりと確かめるだけの余裕がなかった。

与吉が小首を傾げながら、

「引き連れていた浪人者は、御用の手下《てか》か。あるいは八巻の剣の弟子なのかもしれねぇな」

などと言い出す始末であった。

「与吉よぅ、オイラたちはツキがあるのか、ねぇのか、どっちなんだ。新富町《しんとみちょう》の元締《もとじめ》に呼ばれて江戸に出てきたその日のうちに、八巻に鉢合わせしちまうなんてよぉ」

「ツキがあるのに決まってるぜ。八巻に張りついて様子を窺《うかが》っていれば、元締からのご褒美にありつけるぜ」

「深入りは良くねぇと思うぞ。命あっての物種だ」

「ともあれ牛公。八巻からは目が離せねぇ。追っかけるぜ」

「見つからねぇように、気をつかわなくちゃいけねぇよ」

悪党二人は、由利之丞たちを追って歩きだした。

「ただいま戻りましたよ」

卯之吉は三国屋の暖簾《のれん》をくぐった。

手代《てだい》の喜七《きしち》が「いらっしゃいませ」と応えた。店の手代ですら、卯之吉だとは思わなかったのである。

「おやおやこれは、嫌な悪戯《いたずら》だねぇ」

卯之吉は微笑みながら頭巾を取った。

「あっ、若旦那様」

喜七が慌てた。

卯之吉が同心になったという事実は、三国屋でも秘められている。知っているのは大旦那の徳右衛門と、この喜七など、わずかな者たちだけだ。

卯之吉は、上方《かみがた》に商《あきな》いの修業に出ていることになっている。

何も知らない別の手代が寄ってきた。

「道中、お寒うございましたでしょう」

「うん寒かったよ。難渋《なんじゅう》した」

卯之吉は本気で辛そうな顔で言った。銀八は呆れている。

(南町奉行所から室町まで歩くのが、そんなに辛いわけがねぇでげす)

距離にして五町（約五百四十五メートル）しか離れていない。

しかし卯之吉にとってはこの距離でも足腰に堪《こた》えるのだ。

まったく嘘はついていない。「本気で辛かった」という顔つきだ。だから皆、誤解する。若旦那は上方から旅をしてこられたのだと信じこまされてしまうのだ。

（人を騙す気なんかまったくないのに、みんな騙されてしまうでげす）

こんな悪党は滅多《めった》にいない、と銀八は思った。

卯之吉は分厚《ぶあつ》い雪駄を脱ぐと、ノソノソと店に上がった。二寸分だけ脚が短くなったので、着物の裾をズルズルと引きずる格好となる。花魁《おいらん》かなにかの如《ごと》き姿で奥の座敷へ向かった。

「これは八巻様！」

徳右衛門が飛び出してきた。

「なんということにございましょう！　八巻様が御自《おんみずか》ら足をお運びくださいますとは！　この三国屋徳右衛門、八巻様をお迎えして感激の至り！　末代《まつだい》までの誉《ほまれ》にございまするぅぅぅッ」

お供の銀八は、またもや呆れる思いで見守っている。たかが実家に戻ったぐらいのことで、ここまで感激される人間は他にいない。

「いえ、まぁ……、お祖父様《じい》もお元気そうで何よりです」

「滅相《めっそう》もございませぬ」

「えっ？　どこかお加減がお悪いので？」

「ご心配には及びませぬ。手前は壮健そのもの！　そうではなくて手前ごときを〝お祖父様〟などとお呼びになってはなりませぬ。なにとぞ手前のことは『三国屋』と、呼び捨てになさってくださいませ」

「はぁ……、三国屋ねぇ」

「ははーっ、手前が三国屋にございまするぅぅっ」

徳右衛門は深々と腰を折って低頭した。

銀八は、

「なぁにをやってるんでげすかねぇ」

と小声で呆れた。いつもながらこの祖父と孫の非常識には驚かされる。

三国屋は廊下《ろうか》を先に立って案内し始めた。

「ささ、八巻様。こちらへどうぞ。奥に座敷がございまする」

銀八は首を傾げた。

ここは卯之吉の実家である。廊下の奥に座敷があることなど、子供の頃から知っているはずだ。

「ささ、こちらへこちらへ」

徳右衛門は座敷に踏み込むと、

「皆様、八巻様のご到着でございますよ」

と、声を掛けた。

すでに誰かが座敷にいるらしい。卯之吉が踏み込んでいく。銀八は反対側の廊下に回った。

（うへぇ、お大尽《だいじん》様方がいっぱいでげす）

座敷には上等な身形《みなり》の豪商たちが十人ばかり正座していた。皆、堂々として恰《かっ》幅《ぷく》が良いので、座敷が狭く感じられた。

卯之吉が入っていくと皆、一斉に平伏する。卯之吉は困ったような笑顔を浮かべた。

徳右衛門が上座に座布団を勧める。

「どうぞお座りくださいませ」

卯之吉は行儀良く座ると、首を巡らせて平伏したままの豪商たちを眺めた。

「これは皆様、お集まりで。今日は月に一度の集会でしたか」

三国屋徳右衛門が答える。

「手前どもは八巻様とお話がしたくて集まったのでございまする。本来であれば手前どもが八巻様のご役宅に赴《おもむ》くべきところ。それではあまりに人目につく。八巻様のご迷惑となるに相違ないと思案いたしまして、お呼び立ていたしました。ご無礼の段、平《ひら》にご容赦《ようしゃ》くださいませーっ」

豪商たちがいっそう深々と平伏する。卯之吉は面白《おもしろ》そうに眺めている。

銀八は、

（どうして若旦那の素性《すじょう》が露顕《ろけん》しねえんでげすかね？）

と不思議に思った。

ここに集まっている人々は、両替商の三国屋との商取引がある。

（若旦那は本当に、家の商売には関心を持たなかったんでげすなあ）

店で商売の手伝いをしていれば——商家の子ならそれが普通なのだが——顔を見覚えられているはずだ。

卯之吉は遊興三昧《ざんまい》で家の帳場には出たこともなかったのに違いない。朝帰りをして夕刻まで寝ていたのだ。

「それで、あたしに聞かせたい話ってのは、なんなんですかね」

卯之吉は、なんと莨盆《たばこぼん》を寄せて、煙管《キセル》に莨を詰め始めた。

普通の常識をもった人間は、偉い人の前で莨を吸ったりはしない。この非常識な振舞《ふるま》いが〝辣腕同心の余裕〟らしく見えてしまう。あらぬ誤解を招くのだ。

「まぁ、皆様。お顔を伏せられていたんじゃ話もしづらいでしょう。どうぞお顔をお上げくださいましよ」

プカーッと紫煙《しえん》をくゆらせながらそう言った。

三国屋が答える。

「北の町奉行所の、新しいお奉行様のことにございまする」

恭《うやうや》しげな物腰だ。祖父が孫に向ける顔と口調ではない。

徳右衛門は低頭しながら、チラリと上目づかいに卯之吉の顔を見た。海千山千の御用商人の顔つきとなっている。

「八巻様は、上郷備前守様とはたいそうお親しい、と、伺いましたが……。そのお噂はまことで？」

卯之吉は吸い終えた煙管をしまった。のほほんと座っている。

「親しいというほどじゃあございませんがね。お屋敷にお伺いしたことは、何度もございますよ」

商人たちは「おおっ」と声を上げた。「さすがは八巻様。お顔がお広い」などとお世辞を口にした者もいた。

あるいはお世辞ではなくて、本当に感心しているのかも知れない。

上郷は大身《たいしん》旗本で、朝廷より従五位下《じゅごいげ》備前守の官位を頂戴している。一方、同心は三十俵の薄給だ。普通の同心であれば交際することもなく、屋敷に上げられることもない。

商人の一人が身を乗り出してきた。

「手前は、川越河岸《かわごえかし》の船宿の主で、皆川屋四郎右衛門《みなかわやしろうえもん》と申しまする」

「はぁはぁ、そちらの船宿は、川船で荷を扱うほうの船宿ですね」

江戸でいう船宿は猪牙舟《ちょきぶね》で人を運ぶことを商売とし、船待ちと称して座敷を貸して酒や料理を提供するが、大河の河岸の船宿は、舟運《しゅううん》業を営む輸送業だ。

江戸時代の流通は、川の流れと舟に頼っている。荷船の行き来ができる川に沿って商業が発達する。川越などはまさにそうしてできた町だ。

皆川屋は心底から困り果てている、という顔つきであった。

「北のお奉行様の急な代がわりで、手前ども船宿も慌てふためいておりまする。

なにぶん、上郷備前守様のお人柄がよくわからないもので……」

卯之吉は不思議そうに商人たちの顔を見た。

「商人の皆様が、前の大坂の町奉行様を御存じない、というのも、おかしなお話ですねぇ」

大坂は日本の商業の中心だ。

皆川屋が答えた。

「手前どもは、もっぱら、地回《じまわ》りの品を扱わせていただいておりますもので」

地回りとは江戸の近郊の産物のことだ。徳右衛門が続けて説明する。

「一昔前ならば諸国の産物は、必ず大坂の座《ざ》を通したものでございますが、お上が座の解体をお命じなされたことで、諸国から直接、この江戸に荷を運び入れることがかなうようになりました」

専売制度（あるいは同業カルテルに相当する行為）を、幕府が禁止したのだ。

奥羽《おうう》や越後《えちご》、北関東の産物を江戸に直接運んで商うことができるようになった。

これによって江戸の地には公儀御用達《ごようたし》の豪商が誕生したが、大坂の商人たちにとっては面白くない。

徳右衛門が言う。

「上郷備前守様の許には、大坂の商人衆が顔を揃えて、なにやら密談を交わしておるとのこと。大坂の商人衆が巻き返しを図っておるのではないかと案じられるのでございます」

「ほうほう」

卯之吉は、理解しているのか、していないのか、よくわからない相槌を打った。多分何もわかっていないのだろう、と銀八は思った。

ここで卯之吉は不思議そうな顔をした。

「ところで、どうして急に、北のお奉行様はお代わりになったのですかねえ？」

徳右衛門が答える。

「前の北町奉行様が病でお倒れになったのでございます」

「それは大変だねえ。お可哀相《かわいそう》に」

銀八は咄嗟《とっさ》に（まずい）と思った。まず第一に、卯之吉が町奉行所の内部事情に疎《うと》い事実がばれることがまずい。

次の問題は卯之吉の行動だ。病人（前の北町奉行）の許にすぐさま駆けつけようとするかも知れないではないか。

徳右衛門は続ける。

「上郷備前守様は、大奥の覚えがおめでたいそうで、大奥の推薦があって、上様のお心が動いた――との噂がございます」

「そうなのですかね」

「お珠様の騒動の際に、お珠様を見つけたのは上郷備前守様だとか」

「そうだったねえ。あたしが大奥の御広敷番《おひろしきばん》とお静の方様に取り次いだのだった」

「八巻様が」

商人たちも一斉に感嘆する。大奥にまで伝《つて》を持つ八巻同心に驚いたのだ。

卯之吉は涼しい顔だ。

「あの時のお手柄が認められて上郷様は北のお奉行様になられたのかえ。ハハ、こんなことになるのなら、お珠様を大奥にお返ししなかったほうが良かったかねえ？　そのほうが皆様にとっては好都合でしたでしょうねえ」

徳右衛門は愛想笑いを引き攣らせている。

「滅相もございませぬ。八巻様の御立場ならば当然のお働き。手前どもにご斟《しん》酌《しゃく》はご無用にございまする」

「だけど、あたしが上郷様のご出世に一役買っているとなると、なんだか責められているような心地《ここち》になるよ。あははは」

「これはとんだご冗談を！」

徳右衛門は顔の冷や汗を拭う素振《そぶ》りで、恐縮して見せた。

「八巻様」

皆川屋四郎右衛門が、一同を代表する口調で迫ってきた。

「ここはやはり、八巻様のお力にお縋《すが》りするより他にございませぬ！　なにとぞ、我ら、江戸の商人をお救いくださいませ！」

一同は「お願い申し上げまする」と声を揃えて低頭した。

卯之吉は薄笑いを浮かべている。

「あたしに何をさせようってぇ、おつもりなんですかね」

「上郷様の許に集まる上方の商人たちが何を企《たくら》んでいるのか、お教えいただきたいのでございます」

「教えろと言われても、あたしは何も知らない……ああそうか、あたしに上郷様相手の密偵《みってい》を務めろと言うんですね」

徳右衛門が膝を進め、身を乗り出した。

「上郷様は、若年寄の酒井信濃守《さかいしなののかみ》様に与《くみ》しておられまする。我らが身を寄せる本《ほん》多出雲守《だいいずものかみ》様の政敵。上郷様と大坂商人とが酒井信濃守様を担いで、本多出雲守様を退《しりぞ》けようとするは必定《ひつじょう》。このままでは本多様の御立場も危《あや》うぅございまする」

「はぁ、本多出雲守様……。そういえばしばらく伺候《しこう》していないけれども、お尻《しり》はどうなったかねぇ？」

「お尻とは」

「いえいえ。内密のことなので」

「ともあれ、よろしくお願い申し上げまする」

「はぁ。まぁ、そこまで頭を下げられてしまったらすげなくもできない。あたしにできるだけのことはしてみましょうかね」

商人たちはパッと表情を綻《ほころ》ばせた。

「八巻様がお味方してくださると、ご確約くださった！」

「地獄で仏の心地にございます！」

卯之吉は笑顔で頷《うなず》き返している。一見して頼りがいのある辣腕同心の風情《ふぜい》だが、

（あれは話の筋が何もわかっていない時の顔でげす）

銀八だけは、そう見抜いた。

三国屋を辞した卯之吉は、通りをフラフラと歩いていく。

「それで、どうするでげすか」

銀八は質した。

「上郷様のお屋敷に行くんでげすか？　あっしは大身のお旗本屋敷は、おっかなくて嫌いでげす」

「上郷様は北町のお奉行様になったんだから、お住まいは北町奉行所に引っ越されただろうさ」

「ああ、そうだったでげす」

町奉行所には奉行の屋敷が併設されている。町奉行に就任した者は、それまでの屋敷を幕府に返して、家財道具を持って、町奉行所に引っ越してくる。

「それなら、北町奉行所に行くんでげすか？」

「どうして」

「北のお奉行様の動向を探るって約束したでげしょうに」

「そうだったかねぇ。フフフ。それじゃあこれから遊びに行こうか」

「人の話を聞いてるでげすか」

冬になると夜の訪《おとず》れが早い。庶民にとっては辛い季節だが、卯之吉にとっては夜遊びの時間が延びて結構なことだ。

浮き立つような足どりで河岸に向かうと、猪牙舟を雇って乗り込んだ。

第二章　闇《やみ》の奉行

一

深川の地は、元々は川の洲であった。

そもそも〝江戸〟とは河口《かこう》を意味する普通名詞である。広大な葦原《あしはら》の広がる低湿地に町が造られた。

湿地の泥水を排水するために大小の水路が掘られている。水は大川《おおかわ》（隅田川《すみだがわ》）に流される。排水路は運河としても使われる。大川から小舟が遡《さかのぼ》ってきて、人や荷物を運ぶのだ。

泥水が抜かれて乾いた土地に急激に町家が建てられていく。市街化が進む。

武士や大名の貧困化が進む昨今だが、町人たちはますます栄えて、江戸の町を切り拓いてゆく。

静かな夜だ。水路の水面《みなも》に月が映っている。月光はさざ波に反射して、水路沿いに建つ蔵の白壁《しらかべ》に反射していた。

一艘《いっそう》の小舟が音もなく進んできた。笠を被《かぶ》った商人風の男が乗っている。江戸の悪党を仕切る新富町の元締《もとじめ》こと、轡屋庄五郎《くつわやしょうごろう》だ。

棹《さお》を操る船頭も目深《まぶか》に被った笠で面相を隠している。舟を桟橋《さんばし》へと着けた。

船頭は「着きました」の挨拶《あいさつ》もない。庄五郎も船頭には何も言わずに舟を降りた。

掘割《ほりわり》の石垣の上には船宿があった。軒行灯《のきあんどん》はすでに落とされていたが、窓障子《まどしょうじ》には屋内の明かりが映っていた。

庄五郎は船宿の台所口に向かう。閉められた板戸の前に立った。

トトトタンッ――と、独特の調子で戸を叩く。

戸の覗《のぞ》き窓が内側から開けられる。誰かが外の様子を窺《うかが》っている。

「あたしだよ」

庄五郎が答えると板戸の落とし猿が上げられた。戸が開く。人相の悪い男が顔を出した。左眉《ひだりまゆ》の横の刀傷が目立った。

「お帰りなせぇやし」

挨拶して、庄五郎を中に入れた。

「皆様、お待ちかねでござんす」

庄五郎は頷《うなず》き返して框《かまち》に上がった。奥の座敷へと向かう。座敷の外の廊下で正座した。

「お待たせをいたしました」

座敷の中には二人の男がいた。上座の金屏風《きんびょうぶ》の前には武士が、その正面の下座には商人が座している。

武士の正体は、先頃、北町奉行に就任したばかりの上郷備前守である。

ジロリと庄五郎に目を向けると、

「入れ」

と命じた。

庄五郎は敷居を跨《また》ぐと下座で平伏し、続いて同席の商人に向かって会釈《えしゃく》した。

上郷が紹介する。

「この者は江戸の悪党どもの元締、轡屋庄五郎。人呼んで〝新富町ノ元締〟だぞうな。フン、悪党風情《ふぜい》が小面憎《こづら》い」

庄五郎はほくほくと笑《え》み崩れて低頭する。

「身に余るお褒《ほ》めの言葉を頂戴《ちょうだい》いたしました。手前のごとき悪党が江戸の町奉行様と同じ座敷に侍《はべ》るをお許しいただけるとは。まことに過分なるお引き立てを賜《たまわ》り、悪党冥利《みょうり》に尽きまする」

客の商人は、顔を引き攣《つ》らせている。

「ほ、本来ならば敵《かたき》同士のお二人が同席なさるこのお座敷。まこと、天下の奇観にございまするな」

乾いた声で言って笑おうとした。が、上手く笑えなかった。

上郷は、庄五郎に向かってこの商人を紹介した。

「大坂は高麗橋《こうらいばし》の商人、龍涎堂治右衛門《りゅうぜんどうじえもん》じゃ」

高麗橋は大坂の街道の起点である。江戸でいえば日本橋に相当する。諸国に通じる街道が延び、高札場《こうさつば》もあった。

高麗橋通りに店を構えているのは、大坂を代表する富商ばかりだ。

龍涎とは高価な香料のこと。薬種としても珍重される。龍の涎《よだれ》の固まった物だとされている（実際には鯨《くじら》の体内にできる結石《けっせき》）。その名を屋号に冠した治右衛門は、海外の高価な珍宝を取り扱って莫大《ばくだい》な利益をあげていた。

上郷は皮肉げな笑みを浮かべて、下座の二人の顔色を交互に眺めた。

「お前たち二人こそ、敵同士である」

龍涎堂はますます顔を引き攣らせ、一方の轡屋庄五郎は不敵な笑みを浮かべて見せた。

「いかにも手前は悪党にございます。商人様の目には、蛇とも鬼とも映りましょう。ですがただ今のみは、上郷様の御為《おんため》に働く者同士にございまする」

意味ありげな笑みを龍涎堂に向ける。

「上郷様に与《くみ》する商人様がたにとって、一番の敵は我ら悪党ではなく、江戸で幅を利かせる商人衆。すなわちお上の御用商人……。手前ども悪党が、あなた様の商売敵の店に忍び込み、小判や商品を盗み出しまする。さすればあなた様は商売の競争に勝てるという道理」

龍涎堂は息を呑んでいる。

上郷は「うむ」と頷いた。

「老中の本多出雲守様に与する商人どもの金蔵を荒らしまくり、金子《きんす》を盗み出せ。さすれば出雲守様の懐《ふところ》に入る賂《まいない》も減る」

出雲守は金権政治家である。賄賂《わいろ》を大量に集める能力があるが、集めた金は私蔵するわけではない。自分の味方を募《つの》るため、朝廷や大奥、幕府内の諸役人などにばら撒《ま》く。

「出雲守様は、金子を集めることと、撒くことにしか才覚を持たぬ。味方に撒く金子の元手が絶えれば、それまでの人物だ」

人徳や政治能力は心許ない。金さえ奪えば赤子も同然、ほんの一捻《ひとひね》りで倒せる相手だ。

逆に言えば、江戸の政界において〝大金を右から左へ動かすこと〟がいかほど重要であったか、という話である。

上郷は鋭い目を龍涎堂に向けた。

「お前たち大坂の商人が江戸の商人を倒す。そして江戸での商売の儲《もう》けを、酒井信濃守様に奉《たてまつ》るのだ」

悪党の元締、庄五郎は恭《うやうや》しげな顔を上郷に向けた。

「町奉行様のお目溢《めこぼ》しがあれば、我ら悪党は盗みを働き放題。いかなる大店《おおだな》でも潰してご覧にいれましょう。北町が月番の間は、我ら盗《ぬす》っ人《と》にとっては天国にございまする」

すると上郷が、なにゆえか険《けわ》しい面相となった。

「心得違いをいたすでないぞ」

「はっ……？」

「いかにも北町奉行所は、お前たちの盗み働きの手助けをしてやる。だが、お前たちが盗みを働くのは南が月番の間だ。南町奉行所に恥を掻《か》かせるのだ」

「なぁるほど。盗賊の跳梁跋扈《ちょうりょうばっこ》で南町の面目《めんぼく》は丸潰れ。北町のお奉行様のご威《い》信《しん》はそのぶん上がりましょう」

庄五郎は、極めつけに人の悪そうな笑みを浮かべた。

「北町奉行所の月番にあたっては、手前が江戸の小悪党どもの隠れ家をお教えいたしましょう。小悪党どもをお縄に掛けて、我らの盗みの罪を負わせて獄門台に送りつければ……」

「わしの評判は上がり、お前の命は安泰だ——と目論《もくろ》んでおるのだな」

「恐れ入りました。ご賢察《けんさつ》のとおりにございまする」

「ふんっ、悪党めが」

吐き捨てながらも上郷は、まんざらでもない顔をした。

それから座敷の外に顔を向けた。

「生駒《いこま》、入って参れ」

外で「はっ」と返事があって、羽織袴《はおりはかま》の厳《いか》めしげな中年侍が入ってきた。正座して、上郷に向かって低頭した。

上郷は龍涎堂と庄五郎に向かって紹介する。

「これなるは生駒十郎兵衛《じゅうろべえ》である。北町奉行所の内与力に任ずることにした。その方《ほう》ども、万事、生駒と図れ」

生駒が顔を上げた。四角い顔で眉毛の濃い、いかつい面相だ。柔術《じゅうじゅつ》か相撲《すもう》で鍛えたのであろう、体格も大きかった。

龍涎堂と庄五郎は低頭した。

生駒は二人を睨《にら》みつけた――ように見えた。顔つきが険しすぎて、怒っているようにしか見えない。

「我らは立場こそ違えど、ともに我が殿を助け、酒井信濃守様のご出世を願っておる者同士。手を携《たずさ》えて参ろうぞ」

「なにとぞよろしくお願い申し上げまする」

龍涎堂が礼儀正しく挨拶する。

庄五郎も頭を下げた。

「北町奉行所内与力様の御意《ぎょい》を得て、百人力《ひゃくにんりき》にございまする」

「だが」と生駒がますます険しい顔をした。

「南町は手強いぞ。容易に出し抜けるとは思うなよ」

庄五郎は頷き返した。

「南町の八巻様は、我ら悪党にとって天魔《てんま》の如《ごと》き恐ろしさにございまする」

生駒も同意だ。

「いかにも。敵ながらさすがの腕前。本多老中の懐刀《ふところがたな》である」

南町の辣腕《らつわん》同心、八巻の勇名は、敵対するものの心を冷えさせ、怯《おび》えさせるのに十分なのだ。

生駒はしかめヅラを天井に向けると「ふんっ」と鼻を鳴らした。

「なれど、打つ手がないでもない。南町の役人は、八巻一人ではないからだ」

庄五郎が片方の眉をクイッと上げた。

「いかなる仰《おお》せで」

「わからぬのか。八巻ではなく、他の同心を攻めるのだ」

生駒の目がギラリと光った。

「南町の筆頭同心、村田銕三郎を攻める。彼《か》の者《もの》を罠《わな》にはめるのだ。筆頭同心が不始末をしでかしたとなれば、南町の面目は失墜《しっつい》する」

「しかし、それでは八巻様ご本人は無傷ではございませぬか」

「我らの為《な》すべきことは〝本多出雲守様が隠居をなされば、その懐刀たる八巻も南町奉行所を去る」

や。本多出雲守様に老中の座より退いていただくこと〟じ
上郷備前守が大きく頷いた。

「本多出雲守様さえいなくなれば、一介の町方同心ぐらい、何ほどのこともない。わしの一存で八巻を江戸より追い払ってくれる。左様《さよう》じゃな。足尾《あしお》の銅山《どうざん》奉行所にでも送ってやろうぞ」

下野国《しもつけのくに》、足尾の深い山中に銅山がある。険しい山道によって外界《げかい》との行き来が遮断《しゃだん》されている。さながら天然の牢獄《ろうごく》だ。

そこに送られて、二度と出られないように仕向ければ、いかに八巻同心とて辣腕の振るいようがあるまい。

庄五郎は手を打って喜んだ。

「なるほど！　八巻様を生きながら朽《く》ち果てさせる策にございまするな」

生駒は意を強くした様子で続ける。

「村田銕三郎の人となりを調べておいたぞ。なかなかの利《き》け者《もの》だが、欠点もあ

る。極端に気が短いことだ」

生駒はひげ剃り痕《あと》の青々とした顎《あご》を撫《な》でてニヤッと笑った。

「そこに付け込んで、我らは彼奴《きゃっ》に罠を仕掛ける」

二

翌日は朝から天気が良かった。初冬の澄みきった青空が広がっていた。

卯之吉は例によって昼過ぎまで寝ている。午後になってようやく目が覚めたので、ノソノソと起き出してきた。

お供の銀八を呼ぶ。

「出掛けるよ。支度をしておくれ」

「へいへい。今日《こんち》は、どういった装束《しょうぞく》でげすか」

卯之吉は、放蕩者《ほうとうもの》の身形《みなり》と、同心の身形とを、その日の都合に合わせて着替えている。

「そうだねぇ……。同心様の格好でもいいんだけれど、それだと寒いよ。厚着ができるようにしておくれ」

「遊び人のお姿でげすな。かしこまり」

銀八は奥の着物部屋に向かう。卯之吉は粋人《すいじん》だけに着道楽だ。座敷ひとつを占有するほどの着物を持っている。

台所では美鈴が執拗《しつよう》に箒《ほうき》を使っていた。卯之吉は首を傾げる。

「今日は大掃除の日でございましたかね」

「小房丸《こぶさまる》の毛です！　もうっ、掃いても掃いても、どこからか飛んでくるのです！」

小房丸は数日前までこの屋敷で飼われていた。今は元の飼い主の越中屋に引き取られている。

卯之吉は「ずっと飼っていてもかまわない」と言ったのだが、小房丸があまりにも卯之吉に懐《なつ》くので、越中屋のほうで嫉妬《しっと》したのだ。

卯之吉と小房丸の仲が睦《むつ》まじいことに嫉妬したのは越中屋だけではない。美鈴と荒海ノ三右衛門《さんえもん》も焼《や》き餅《もち》を焼いて、犬を追い払うようにと卯之吉に勧めた。

こうして小房丸は引き取られていった。

卯之吉は〝お犬掛《いぬがかり》同心〟の熱意も冷めてしまったようで、ここ数日は犬のことなど口に出すこともない。

熱中したなら異常な集中力を見せてのめり込むけれども、飽きるのもまた早い。放蕩息子ならではの気質だ。卯之吉にとっては、同心という仕事すら、楽しい遊びでしかなかった。

銀八が着物を両腕に抱えて戻ってきた。卯之吉に着せかける。卯之吉は一人では帯も締められない。

着物を着せたら、次に銀八は三和土《たたき》に下りて、沓脱石《くつぬぎいし》の上に雪駄《せった》を揃える。足袋《たび》を履いた卯之吉の足が下りてくるので、雪駄の鼻緒《はなお》に足の指を通してやる。

卯之吉一人では鼻緒に上手に足指を通すことができずに脱げたりするから大変だ。

(どうしてこんなお人が、南北町奉行所一の同心様だ、なんて言われてるんでげしょうねぇ?)

まったく不思議でならない。

「それじゃあ行こうか」

卯之吉はフラフラと台所口を出て行く。銀八が後を追い、美鈴が見送った。

卯之吉は橋を渡って江戸城内の郭《くるわ》に入った。〝大名小路〟や〝大手前《おおてまえ》〟、〝西ノ丸下〟と呼ばれる郭には、老中や若年寄など、幕府の中枢《ちゅうすう》を担う重職たちの屋敷があった。それぞれ何百人もの家臣団が暮らしている。

彼らの暮らしを支えるために、大勢の商人や職人たちも出入りしている。野菜や魚の担《かつ》ぎ売りが行き交い、百姓が肥桶《こえおけ》を担いで走っていた。江戸城内といえども武士しかいないわけではないのだ。

着膨れした卯之吉を見ても、誰も南町の辣腕同心だとは思わない。商家の太った若旦那だとしか見えない。

卯之吉は緊張のない腑《ふ》抜《ぬ》けきった笑顔で、時の筆頭老中、本多出雲守の屋敷の前に立った。

門番は、さすがに八巻の顔を見覚えていた。

「ご苦労にござるな。台所にお回りくだされ」

卯之吉は、

「はいはい。良いお日和《ひより》で」

気合の入らぬ挨拶をして台所口に向かう。

台所は百姓や町人身分の者たちにとっての〝玄関〟である。本多家の家臣との面談は台所で済ませる。座敷に上げられることはほとんどない。

しかし卯之吉が顔を見せると、台所の役人は何事かを察した顔つきで、卯之吉を御殿に上げた。

奥座敷から本多家の近習《きんじゅう》がやって来て、

「ご案内いたす」

と、先に立って歩きだした。

卯之吉はのほほんとした顔つきでついてゆく。さらにその後ろをお供の銀八が、極度の緊張で吐き戻しそうな顔つきで従った。

三十畳はありそうな広い座敷に入ってチョコンと正座する。

大名屋敷というのは、いくつも座敷があって、来るたびごとに違う場所に通される。欄間《らんま》の彫物《ほりもの》や襖《ふすま》の絵などが座敷ごとに違っているので、卯之吉のような粋人にとっては見飽きない。

卯之吉はホクホクとしながら目を四方に向けて鑑賞している。

一方の銀八は廊下に座らされて身震いしている。こんな所に迂闊《うかつ》に座っていたら、いつ、どんな理由で首を刎《は》ねられるかわからない、と、怯えた。

間もなく本多出雲守が入ってきた。

「おう、お前か」

また一回り大きく肥《こ》えたようだ。ガマガエルのような格好でドスンと座った。

そんな座り方しかできない肥満体だから、お尻《しり》に皮膚病ができてしまうのだ。

機嫌は悪くなさそうである。

「お珠様の探索では大儀《たいぎ》であったな。大奥女中《じょちゅう》は大層なご機嫌であった」

〝女中〟は、女性の集団に対する敬称である。大奥取締の身分は老中と同格なので、本多出雲守としても疎《おろそ》かにはできない。

大奥の機嫌を取りつけることは、幕閣の出世や地位保全のために大切だ。

「お静の方はたいそう喜んでおったぞ」

喜んでいたのは、犬が返って来たからではなく、お珠神輿《みこし》が面白かったからなのだが、そこまで説明する必要はないだろう。

「よろしゅうございました」

卯之吉は邪気のない顔で笑った。みんなが喜べば自分も嬉しい。そういう性格である。

「南町奉行の面目も立ち、わしも鼻が高い」

町奉行は老中支配である。町奉行の不始末は老中の責任となる。

「南町奉行は危うく罷免《ひめん》される寸前だったのだぞ」

「左様でしたかね」

その件については、卯之吉はまったく他人事《ひとごと》の顔つきで聞き流した。

卯之吉は「じーっ」と本多出雲守の顔を見ている。あまりに凝視《ぎょうし》するものだから、出雲守は煩《わずら》わしげに、顔の前で片手を振った。

「なんじゃ。不躾《ぶしつけ》にわしの顔を見つめおって。……そもそもお前は今日、なにをしにまかり越したのじゃ」

「それはもちろん、出雲守様のご尊顔《そんがん》を拝するためにございますよ」

「だからと申してジロジロと見るでない」

「それと、お尻も拝見しに来ました」

「なんじゃとッ？」

「ご尊顔を拝しているのは治療のためにございます。ううむ。白目の色が芳《かんば》しくございませんね。舌をベロンと伸ばしてくださいますか」

「頼んでもおらぬのに勝手に往診を始めるでない」

「お尻のお加減は、その後、如何《いかが》？」

「尻の治療は、もう、せずとも良いわ」

「せずとも良いかどうかを決めるのは医者であって、患者様ではございませんよ。悪性の病《やまい》は、病の根が身体《からだ》の深くに残っておるものにございます。根治をさせないことには、いつまた、ぶり返すかわかりません。さぁ、お尻を出しておくんなさいませ」

出雲守は怯えた顔つきで腰を浮かすと、袴の尻を両手で押さえた。

「よっ、よもや！　またもや小刀《こがたな》でわしの尻を切り裂こうとしておるのではあるまいな！」

「その要があると見立てたならば、もちろん切りますとも。さぁお尻を」

「い、嫌じゃ！」

「聞き分けのない。子供のような」

卯之吉はニヤニヤと妖《あや》しい笑みを浮かべながら立ち上がると、出雲守に襲いかかった。

「なにをするかッ」

「あたしは、やると決めたら最後までやらないと気が済まない性分《しょうぶん》なのでございますよ」

なんと、老中の本多出雲守に飛びついて無理やり尻を捲《まく》ろうとした。二人で組んずほぐれつする。

そこへ一人の商人がやって来た。廊下に立って茫然《ぼうぜん》としている。

「な、なにをなさっておいでなのでございますか……」

出雲守と卯之吉は同時に廊下の人物を見た。

四十代の中年の商人が立っている。江戸時代には立って物言う作法はない。どんな時でも膝をついてから発言する。ただし、非常時を除いてだが。

商人は、老中のお尻に卯之吉がしがみついているのを見て、礼儀も放念するほどに驚いたのだ。

卯之吉は「おや？」と声を上げた。

「あなたは川越の皆川屋四郎右衛門さんじゃあございませんか」

先日、三国屋で紹介された商人だ。

皆川屋は「あっ」と叫んで驚いた。

「八巻様！」

本多出雲守が激昂《げっこう》する。

「膝をつけッ。誰の前にいると思うておるッ」

皆川屋は慌ててその場で「ハハーッ」と平伏した。

続いて出雲守は卯之吉を叱る。

「お前も、いつまでわしの上に乗っておる気かッ」

卯之吉は薄笑いを浮かべながら出雲守の肥満体から下りて、その場にチョコンと座った。

「とんだ邪魔《じゃま》が入りましたねぇ」

皆川屋は恐る恐る質《ただ》す。

「い、いったい何をなさっておいでだったので……？」

卯之吉は答えない。薄笑いを浮かべているだけだ。老中の病が外に洩《も》れると罷免の危機を招くので口外できない。口外するなと言いつけられている。

しかしこの状況で、黙ってニヤニヤしているのは実に良くない。

「よ、よもや、衆道《しゅどう》（ホモセクシャル）……？」

急いで本多出雲守が答えた。

「や、柔《やわら》の稽古《けいこ》をつけておったのだ！」

あまりにも真実味のない言い訳だったが、なぜか皆川屋はホッと安堵《あんど》の顔つきとなった。

「なるほど、八巻様は武芸の達人でいらっしゃいますから」

「八巻ッ。稽古の続きは後にせいッ」

「はいはい」

卯之吉は下座に下がって座り直した。

皆川屋は卯之吉を見た。

「それにしても、八巻様にお頼みした甲斐《かい》がございました。早速にも、ご老中様のお屋敷をお訪ねくださいましたとは」

「ええ、ああ、はいはい」

何を陳情されたのか、すっかり忘れている顔つきで、卯之吉は頷いた。

「万事、あたしにお任せくださいましよ。ホホホ」

小さな手で胸など叩いて余裕を見せつけている。卯之吉の本性を知る本多出雲守は、

(また始まりおった)

と呆《あき》れているのだが、皆川屋が見ている手前、迂闊なことは口にできない。三国屋徳右衛門に賂を握らされて卯之吉を同心にしてやったことが露顕《ろけん》したなら、世間から指弾されるのは出雲守だ。

出雲守は皆川屋四郎右衛門に目を向けた。

「して、このわしに何用だ」

皆川屋は「ハハッ」と平伏した。

「内川廻《うちかわまわ》しの運上金をお届けに参りました。御前《ごぜん》様の御《おん》お陰を賜《たまわ》りまして、大きな利を生んでおりまする」

「さようか。重畳《ちょうじょう》だ」

賂の金子を届けに来たと知って、金権政治家の本多出雲守は大満足である。ガマガエルのように膨《ふく》れた肥満腹を揺らして「がっはっは」と笑った。

「好きなだけ儲けるがよい。公儀の御用札が差さった荷であれば、なんでもわしの思うがままだ。いずこの船主に荷を差配されるかを決めるのは、わしなのじゃからな」

膨大な幕府の荷を運ぶ手間賃で、船主（船宿、筏宿《いかだやど》）は儲けている。公儀御用を命じられれば大儲け。逆に流通から追い出されたなら身代《しんだい》が潰れる。

舟運《しゅううん》行政の決定権を持つ本多出雲守には頭が上らない。出雲守の許に賄賂の金が集まってくるカラクリがこれだ。

皆川屋はひたすらに恐縮して低頭している。ガマガエルに似ているのは本多出雲守のほうだが、脂汗を流すのは皆川屋のほうであった。

「どうれ。帳簿を見せよ」

出雲守が命じた。皆川屋は携えてきた大福帳《だいふくちょう》を広げて差し出した。

三

出雲守は水晶《すいしょう》で作らせた老眼鏡を鼻に掛けて、帳簿を捲《めく》って検《あらた》めていく。一転して顔つきが不機嫌なものとなった。

「荷の商いが減っておるではないか」

皆川屋は平伏した。

「面目次第もございませぬ」

「ここ五年ばかり、ずっと目減りしておるぞ」

「申し訳ございませぬ」

横で見ていた卯之吉は、断りもなく口を挟んだ。

「ここ数年、ずっと長雨と冷夏に祟《たた》られていますからねぇ。公領で取れるお米は減る一方なのですよ」

皆川屋は驚いて卯之吉を見た。老中に向かって、諮問《しもん》もされていないのに、勝手に語りかけるとは何事か。しかもヘラヘラと笑っている。

「左様か」

出雲守が叱ることもなく聞き届けたので、皆川屋はさらに驚いた。

（八巻様に対しての出雲守様のご信任は、只事《ただごと》ではない……！）

さらに言えば、町方同心が公領の年貢米の取高《とりだか》に通じていることにも驚かされた。

年貢米の取高は極秘事項だ。徳川幕府の貧しさが外様《とざま》大名に知られたならば、謀叛《むほん》の呼び水となってしまう。定員四名の勘定奉行のみしか、知り得ぬ情報であるはずだった。

（他には、札差の大店ぐらいしか、知り得ぬはず）

その札差の三国屋が卯之吉の実家なのだが、まさかそうだとは思わない。皆川屋は卯之吉の底知れぬ才幹《さいかん》に驚くばかりだ。

（千里眼《せんりがん》の持ち主……という噂は本物でございますな……）

海千山千の商人が総身《そうみ》に震えを走らせている。

出雲守は不機嫌に帳簿を捲っていく。

「由々《ゆゆ》しきことじゃな。関八州《かんはっしゅう》の舟運は、公儀の蔵に荷を運ぶ通り道。運ぶ荷が減っておるということは、公儀の歳入が減っておるということじゃ」

「出雲守様のお袖の下に入る賂も減ってしまいますねぇ」

卯之吉が笑顔で茶々を入れる。皆川屋はギョッとして出雲守の顔を見た。

出雲守は卯之吉の無礼を咎《とが》めることなく、

「そのとおりじゃ」

と帳簿を見ながら頷いた。

帳簿をパタンと閉じて皆川屋を眼光鋭く睨みつける。

「なんとするぞ」

皆川屋は「ははーっ」と平伏した。

「つきましては、手前ども河岸問屋一同、鳩首《きゆうしゆ》いたしまして、愚考《ぐこう》仕《つかまつ》った一策がございまする。なにとぞお聞き届けを賜りたく……」

「ほう？　それは妙案であるのか」

「新しい舟運のために、新運河を開削《かいさく》いたしとうございまする」

「船を通す川を作れと申すか。して、いずこに？」

「畏《おそ》れながら、こちらの地図をご覧いただきとうございまする」

皆川屋は段取りよく、携えてきた地図を畳の上に広げ始めた。畳の三畳分はあろうかという大地図だ。

卯之吉はこういう珍しい品が大好きである。

「ほう、これはこれは」

立ち上がって地図に見入る。

「関八州の図にございますねぇ」

「わしの前に割り込んでくるな！　見えぬではないか」

出雲守に叱られて、猫のような顔つきで下がった。地図の脇にチョコンと座る。

皆川屋は、そろそろこの雰囲気にも慣れてきた。卯之吉のことはとりあえず無視しておけば良いと割り切って、出雲守に向かって解説を始める。

「これなるは江戸と諸国とを結ぶ舟運の路を示した図にございまする」

向かって左から上野国《こうずけのくに》（群馬県《ぐんまけん》）、下野国（栃木県《とちぎけん》）、常陸国《ひたちのくに》（茨城県《いばらきけん》）が東西に並んでいる。上野国の南は武蔵国《むさしのくに》（埼玉県《さいたまけん》・東京都）と接していた。

武蔵国の年貢《ねんぐ》と産物は、武蔵国の秩父《ちちぶ》を源流とする荒川《あらかわ》と、比企郡《ひきぐん》を源流とする入間川《いるまがわ》を通って運ばれてくる。入間川とは隅田川——大川の別称でもある。

上野国の年貢米と産物は、上野国を源流とする利根川《とねがわ》を下って、関宿《せきやど》という所で江戸川《えどがわ》（旧江戸川・中川《なかがわ》）に入って、江戸に運ばれる。

このようにして江戸近郊から川を使って運ばれる品を、俗に〝地回り〟と呼んだ。

「江戸を支える年貢米と産物は、地回りの品々と、奥羽ならびに蝦夷《えぞ》から運ばれる品々と、西国《さいごく》——すなわち大坂より運ばれる品々の三つがございます」

大坂の商品は菱垣廻船《ひがきかいせん》や樽廻船《たるかいせん》によって運ばれた。卯之吉もこの秋に、廻船問屋の仕事ぶりを目の当たりにした。

「西国からの荷と富は、上方の商人と廻船問屋が掌握《しょうあく》しております」

皆川屋の目つきが鋭くなった。やり手の商人らしい凄《すご》みを覗かせる。

「大坂の商人衆は、大坂町奉行職に就いておわした上郷備前守様の許に足繁《あししげ》く推参いたしておりまする。大坂の商人は上郷様を盛り立ててゆくものと推察いたしまする」

本多出雲守が「むっ……」と唸《うな》った。

「上郷は、若年寄の酒井信濃守の引き立てを受けておるぞ」

「左様にございまする。上方の商いと海運の利は、上郷様を介して酒井信濃守様のお手許に届けられることになろうかと……」

「由々しきことじゃ」

卯之吉はニコニコとして、またしても嘴《くちばし》を挟んできた。

「関八州より得られる利は、出雲守様の袖の下に入りますよねぇ。あははは、面白い。賂と賂の力比べだ」

「笑い事ではないッ」

さすがに出雲守に叱られた。それでも卯之吉は軽薄な笑顔のままだ。

「それで？　奥羽と蝦夷から来る荷は、どちらの袖の下に入るのですかね」

「そこが肝心なのでございます」

皆川屋が頷いて地図に向かって身を乗り出した。

「奥羽、出羽《でわ》、蝦夷よりの荷は、船を使って東廻りで仙台沖《せんだいおき》の海（太平洋）を通り、江戸まで運ばれて参りまする。この時、房総《ぼうそう》の南を通らねばならぬのですが、ここは海の難所でございます」

卯之吉は叱られても懲《こ》りずに口を挟む。

「日本の南の海（太平洋）では西から東へ黒潮《くろしお》が流れているのですよねぇ。蝦夷から来た船は黒潮に逆らって、東から西へ進まないと江戸に入れないのだから大変だ」

皆川屋は頷いた。

「陸奥国《むつのくに》の沿岸では、親潮《おやしお》という潮の流れが北から南へと流れております。その二つの流れが房総沖でぶつかりまして、海が荒れまする。船はおおいに難儀《なんぎ》するのでございます。しかも常陸と下総《しもうさ》の境には利根川の河口がございます。勢いよく下ってきた川の水が、船を外海《そとうみ》へ押し出そうといたします」

「あら、大変」

「難破《なんぱ》の絶えぬ海なのでございます」

皆川屋は「そこで」と続けた。

「親潮に乗って南下してきた船は、銚子《ちょうし》の手前――常陸国の那珂湊《なかみなと》に荷を下ろしまする。さすれば荷も船も、難破で失われる恐れがございません」

卯之吉は首を傾げた。

「だけど、そうなると、荷を陸路で運ばなければならなくなるよね？　船の積荷はたくさんあるよ。馬や人が担いで運ぶのは無理じゃないかね」

「仰せのとおりでございます。そこでこの――」

皆川屋は常陸国と下総国の間に広がる湖を指し示した。

「鹿島海《かしまのうみ》（霞ヶ浦《かすみがうら》）に船を浮かべて荷を運びまする。つづいて鹿島海から利根川を遡《さかのぼ》りまして、江戸に向かいまする」

「川船で流れを遡るのかね？　重い荷を積んで？　この地図を見るに、かなりの距離があるよね」

「佐原《さわら》という地より利根川に入りまして、関宿で江戸川の流れに乗るまで二十里（約八十キロメートル）を遡らねばなりませぬ」

　船乗りたちが櫂《かい》を漕ぐ。川べりまで綱を伸ばして人や牛馬に引かせる。追い風ならば帆を張る。そうやって川の流れに逆行する。

「容易じゃないねぇ」

「房総沖の荒海は、もっともっと、容易ではないのでございます」

「なるほどねぇ」

　卯之吉と皆川屋は、本多出雲守そっちのけで喋《しゃべ》っている。ふたりとも〝熱中すると周囲の状況が目に入らなくなる質《たち》〟らしい。

「されど」と皆川屋が続けた。

「ご指摘のとおりに、荷を満載した重い川船を遡上《そじょう》させるのは容易ではございませぬ。そこで……」

　と、地図に描き込まれた紅い線を指差した。

「利根川の野木崎《のぎさき》河岸より、江戸川の深井《ふかい》河岸まで水路を開削いたしまする」

　卯之吉は「ほうほう」と頷いた。

「なるほどね。運河を掘れば楽に江戸まで荷を運べるね」

「しかも、鬼怒川《きぬがわ》を下って参りました下野国の荷も、この運河を通して江戸川に導くことが叶《かな》いまする」

下野国を南北に流れる鬼怒川は利根川に流れ込んでいる。下野国を下ってきた川船も、やはり関宿まで遡上させなければならないのだ。

この運河が完成すれば、鬼怒川と江戸川（すなわち江戸）とを直結させることができる。そういう位置に運河を掘ろうというのだ。

「面白《おもしろ》いねえ。すごいことを思いついたものだねえ」

卯之吉は朗《ほが》らかな笑顔で感心している。

一方、本多出雲守は思案顔だ。

「待て待て。そもそも利根川は、かつては江戸に向かって流れておった川だぞ。それをわざわざ銚子に向かって流れるように瀬替えをしたのは柳営《りゅうえい》（幕府）ではないか」

今の利根川は関宿から東の銚子に向かって流れているが、それは徳川幕府が作った〝人工の川〟だ。

江戸に向かって流れ込む利根川の洪水被害に悩まされていた幕府が、川の向きを余所《よそ》へ変えたのだ。これを〝利根川東遷《とうせん》〟という。

「運河を掘って、利根川と江戸川とを繫《つな》いだなら、利根川の水が再び江戸に向かって流れ込むのではあるまいか。それはまずいぞ」

金権政治家ではあるが、さすがに筆頭老中まで出世するだけあって、幕府の歴史は諳《そらん》じている。

「わしの許しで作事を始めた運河のせいで江戸が水没しようものなら……ブルブルッ」

出雲守は声に出して震えた。

「わしは上様に切腹を命じられてしまうわい」

皆川屋は「ご心配には及びませぬ」と胸を張った。

「運河には水門を作りまする」

出雲守は良い顔をしない。

「水門など、水の重みの前ではなんの役にも立つまい」

大水《おおみず》は巨大な堤防をも崩してしまう。水門を石の板で造ろうと、鉄の扉にしようと、水圧には耐えられそうにない。

「されど御前様。奥羽と蝦夷より下って来た荷を廻船によって房総沖に運ぶとなりますと、その利は、大坂廻船問屋九店《くみせ》の手に渡り、上郷備前守様を介して酒井信濃守様の手に落ちまするぞ」

「それはいかん！」

「那珂湊を経て内川を回すのでございましたならば、利は我らの手を介して本多出雲守様のお手許に届きまする」

「ぬうう……。皆川屋、そちもあくどい男よのう。このわしをこうまで悩ませるとは……」

　賂は手中に収めたいけれども、洪水被害を招きたくはない。災害は誰の目にも見えるがために、指弾の的になりやすい。

　皆川屋は膝を進めた。

「つきましては、水門を試しに造ることをお許しいただきとうございまする」

「どういう話じゃ」

「手前どもの工夫による水門を実際に川中に仕掛けて、満足な働きを示すかどうかを確かめるのでございまする」

「いずこの川で試すと申すか」

「大川の上流に用水の溜《た》め池《いけ》が造られております。その放水路に水門を仕掛けることをお許し願いまする」

「うむ。溜め池ならば水門を造るにはうってつけだな」

「田植えの時期には水を溜めて田に配り、冬の間は水を放って大川の水量を増やしまする。水門があればまことに便利にございましょう」

「水門が上手《うま》く動くのであれば、の話だ」

「そのために、試すのでございまする」

本多出雲守は少し思案してから「よかろう」と言った。

「首尾《しゅび》良い報《しら》せを待っておるぞ。上手くいったならば、運河の開削の話も、再考してくれよう」

「なにとぞお願い申し上げまする」

皆川屋は平伏した。

「面白い話になってきましたねえ」

卯之吉はホクホクと笑っている。

本多出雲守が卯之吉を手招きした。

「耳を貸せ」

「なんでございます？」

出雲守が小声で囁《ささや》く。

「水門を造るための金子だが、御金蔵《ごきんぞう》からは出せぬ。公儀は手許不如意《てもとふにょい》だ。三国屋徳右衛門に言って、金を出させろ」

「はぁ左様で。……儲けになる話でしたなら、乗ってこないでもないでしょうけれど」

「運河の開削がなった暁《あかつき》には奥羽の米で商うことを許す、と伝えよ」

「そういうお話でしたなら、喜んで金を出すかもしれないですねえ」

「『出すかもしれないですねえ』ではないッ。出させるのだ！　お前が説け！」

「まあ、やってみましょうかねえ」

卯之吉はどこまでも頼りない。

四

夕刻である。八丁堀の組屋敷街に夜の帳《とばり》が下りてゆく――。

八丁堀とは元々は、海から江戸の町中に向かって延びる水路のことであった。荷船が荒波を受けずに出入りすることができるように、家康《いえやす》の命令で作られた。

水路の防波堤に沿って土砂が溜まって陸地となり、陸地が宅地に改造されて、町奉行所の役人たちの屋敷街となった。八丁堀は水路の名称であると同時に地名となった。

上《あ》げ潮《しお》で海の水が河口に押し寄せてくる。八丁堀にも磯《いそ》の香りが漂った。

だがすぐに、冷たい北風によって吹き払われた。

「ううっ、冷えてきやがったな」

牛次郎は着物の衿《えり》を掻き合わせて身を震わせた。

江戸の悪党の元締、轡屋庄五郎の手下の二人、牛次郎と与吉が八巻家を見張っている。

夕刻になっても町人や職人が大勢、八丁堀の役人街を歩いていた。おかげで悪党の二人も、さほど目立つ心配はなかった。

「おい、牛次郎。ここには誰も住んじゃいねぇようだぜ」

都合の良いことに八巻家の向かいは空き家であるらしい。

暗くなっても明かりが灯《とも》らず、夕飯の支度をする気配もない。

町奉行所の定員は時期によって増減が激しい。幕府が〝○○の改革〟などを打ち出すと、取り締まりのための役人も増やされる。いちばん多い時で同心の数が百五十人。少ない時では八十人弱とされている。

人員と組織の縮小が図られると、八丁堀には大量の空き家が発生するのだ。

「好都合だ。ここに隠れるとしようぜ」

与吉は生け垣の枝折り戸《しおど》を押すと庭に入った。生け垣越しなら屈《かが》んだままで見張りができる。ますます好都合だ。

牛次郎は太い眉根をしかめた。

「八巻の野郎、昼過ぎに屋敷に入ったきり、出てこねぇな」

この二人が八巻だと思い込んでいる相手は由利之丞である。日本橋から追《つ》けてきて、八巻家に入る姿を見届けた。

日が沈むと気温が下がる。この季節の見張りは辛い。

「熱燗《あつかん》でキューッと一杯やりてぇなぁ」

牛次郎の無駄口を与吉が窘《たしな》めた。

「静かにしろィ。誰か来やがったぞ」

牛次郎は生け垣越しに目を凝らした。

「たいそうな着物だ。大店の若旦那かな？　ちっ、幇間《ほうかん》なんぞを引き連れていやがる。いい気なもんだぜ」

「八巻の屋敷に入っていくぞ」

着膨れをした放蕩者と、お供の幇間は八巻の屋敷の枝折り戸を押し開けた。

「おや。水谷様。それに由利之丞さんも。あたしの家で何をしていなさるんですかね」

水谷弥五郎と由利之丞は、たすき掛けをして、頭には手拭《てぬぐ》いを姉《あね》さん被りにし、手には箒やはたきを持っていた。

由利之丞が可憐《かれん》な美貌《びぼう》をしかめさせる。

「大掃除の手伝いをさせられてたんだよ」

「ほう」

「オイラたち、銭がなくなったからさ、なにかの仕事にありつけないかと思って来たんだけどさ」

「それであたしの家の掃除ですか。それはそれは、ご苦労さまですねぇ」

卯之吉は袂《たもと》を探った。すると急いで美鈴がすっ飛んできて間に入った。

「駄賃《だちん》はすでに渡してあります！」

卯之吉に任せると、一両小判などをポイッと渡してしまう。美鈴は貧乏道場で育ち、道場の経営に苦労する父親の姿を見てきたので、卯之吉の豪気《ごうき》な振舞《ふるま》いを見せつけられると「破産する！」と不安になる。

それが普通の人間の感覚である。美鈴がケチなわけではない。

卯之吉は「ああそうでしたか」と笑顔で納得した。美鈴がどうして止めたのかもわかっていない顔つきだ。

わかっているのは由利之丞のほうで、拗《す》ねた顔つきで美鈴を睨んだ。

水谷弥五郎は腹をさすっている。

「ともあれ腹が減った」

夕飯は、この家の主である卯之吉が戻ってから、ということになっていたのだ。やっと卯之吉が戻ってきて、飯《めし》にありつけると思った途端に腹が「グゥ〜」と鳴った。

卯之吉は笑顔を水谷に向ける。

「それじゃあ、吉原にでも行きましょうかね」

「いけませんッ」

美鈴が叫び、水谷も情け無い顔をした。

「わしは、ここの飯がいい」

水谷は女嫌い、あるいは女性恐怖症だ。遊里は苦手である。美女がたくさんいて、しなだれかかってくるなど拷問《ごうもん》に等しい。

由利之丞も唇を尖《とが》らせた。

「オイラたちは三日ばかり、まともな飯にありついていないんだ。まずは腹ごしらえをさせておくれよ」

美鈴はここぞとばかりに卯之吉の背中を押した。

「そうと決まれば、ご飯、ご飯」

美鈴にとっては久方ぶりに楽しむ、卯之吉との夕飯だ。

向かいの空き家に潜んだ牛次郎が、いかつい顔をしかめた。

「飯を食い始めやがったな。あの金持ちを招いての酒盛りか」

炊飯と焼き魚の匂いが漂ってくる。二人の腹も鳴った。

「畜生《ちくしょう》、八巻め、もう勘弁ならねぇぞ」

牛次郎はわけのわからぬ憤激《ふんげき》にかられている。

卯之吉は、宴《うたげ》となれば上機嫌だ。

「せっかく皆さんで集まったのです。派手にやりましょう！　銀八、踊りを頼むよ」

しまう。

「それはやめよう」

由利之丞が慌てて止めた。銀八の芸など見せつけられたら、飯が不味《まず》くなって
水谷弥五郎もいい顔をしない。

「町方の役人たちは皆、朝が早い。夜中に騒いでいたら迷惑となる」

面相も凶悪な人斬り浪人なのに、実はいちばんの常識人だ。

「そうですかねぇ。それじゃあ、ご飯を食べ終わったら吉原へ行きましょう！」

卯之吉は遊びに関しては執念《しゅうねん》深い。

由利之丞がおかわりをもらいながら答えた。

「オイラは芝居者だよ。吉原には踏み込んじゃいけない習わしだ」

理由ははっきりしないが、歌舞伎役者は吉原に入れない。

「それにオイラは、吉原では〝同心の八巻様〟で顔が通ってるんだ。吉原はまずいよ」

かつて、南町の内与力、沢田彦太郎に〝遊女殺し〟の嫌疑がかけられたことがあった。卯之吉は吉原で顔が知られているので、同心として乗り込むことができない。そこで由利之丞が〝南北一の辣腕同心〟を演じて、事件を解決に導いたの

だ。

もっとも由利之丞自身は格好よく見得《みえ》を切っていただけで、事件解決は別人の手によるものだったのだが、由利之丞の記憶では「自分が見事に落着させた」ということになっているらしい。

「そうですか。それじゃあ深川で──」

「ここでご飯を食べてください！」

美鈴にピシャリと言われて、卯之吉はシュンとなった。

由利之丞は大飯《おおめし》喰《ぐ》らいだ。しかも行儀が悪い。大胡坐《おおあぐら》をかいて脛《すね》を出した姿で、ガツガツと飯をかき込んでいる。

「そういえば……、ねぇ若旦那。北町の新しいお奉行様だけど、どういうお人なんだい？」

「おや。由利之丞さんもご心配ですかえ」

「そりゃあ案じられるよ。オイラたちの歌舞伎小屋はお上の御免《ごめん》を蒙《こうむ》ってる。お奉行様が一言『まかりならぬ』と言ったら、お終《しま》いなんだ」

「そんなに心配なら、挨拶に顔を出したらいいんじゃないかね」

呑気《のんき》な卯之吉の返事に、由利之丞は首を横に振った。

「駄目《だめ》だよ。千両役者ならともかく、オイラみたいな半端《はんぱ》な役者がお奉行所なんかに行ったら、それだけでお叱りを受けちまうよ」

卯之吉は「フフフ」と笑った。

「いずこの皆さんも、新しいお奉行様に興味津々《しんしん》でいらっしゃるのですねぇ」

「いずこの皆さんって、誰のことだい？」

問われた卯之吉は、三国屋でのことを語った。

「ふぅん。商人の旦那衆も、そんな心配をしているのかい」

「なんだかあたしが密偵仕事をしなければならないらしいですよ」

「やるのかい、若旦那」

「面倒臭いよ」

卯之吉は、興味を持った物事に対してはのめり込むけれども、本質は無気力怠《たい》惰《だ》な放蕩者だ。ニヤニヤと笑っているばかりである。

「だけどさ、若旦那。商人の旦那衆のために働けば、ご褒美《ほうび》がもらえるかもしれないぜ？」

「さぁて、どうかねぇ。あたしは誰かのために働いたことがないから、わからないねぇ」

卯之吉は、その話にはまったく関心がない様子であった。

由利之丞と水谷弥五郎は、夜も遅くなってから塒《ねぐら》に帰った。

夜道の中を二人で歩く。

「弥五さん、いい話を聞いたね」

「なにがだ」

「北町のお奉行様の元に集まってる連中を探れ――って話さ」

由利之丞は鼻息を吹いて、そのツンと尖った鼻筋を水谷に向けた。

「どうだい弥五さん、オイラたちで探りを入れてみないか？」

「なんだと」

「首尾よく調べがついたなら、川越の皆川屋さんのところへ持ち込むのさ。それで礼金をたっぷり頂戴できるってもんだ」

「剣呑《けんのん》な真似《まね》をいたすな」

「そうは言うけど銭がないじゃないか。今日は半日、犬の毛掃除に駆り出されたけど、頂戴したのはたったの二十文だ」

それが普通の労働対価だが、由利之丞たちは卯之吉から小判を頂戴できると考えていた。それだけに落胆が大きい。大損をしたような気分になる。

弥五郎も渋い顔だ。

「金策がつかないのは確かだが……」

「だろう？　だったらオイラたちでやろうよ。褒美の銭をくれるのは皆川屋さんだけじゃないぜ。江戸三座の座元《ざもと》様たちも、北町奉行様のことを知りたがってる。座元様たちからも褒美が貰《もら》えるよ。もしかするとオイラに名のある役をつけてくれるかも知れない！」

「褒美はともかく、役が貰えるほうは望み薄だな」

水谷は現実を見据えてそう呟《つぶや》いたが、由利之丞には聞こえなかったようだ。

「オイラ、やる気が出てきたよ」

「しかしだな。密偵を務めると言っても難儀だぞ。それに剣呑だ」

「オイラたちはこれまでも若旦那の密偵を務めてきたじゃないか。これぐらい軽いもんだよ」

卯之吉の手伝いをすると死ぬような目に遭《あ》わされるから嫌だと言っていたのに、欲に目が眩《くら》むと危険のことなどすっかり忘れてしまうらしい。

「それにさ、北のお奉行様は悪党ってわけじゃない。盗っ人の一味に探りを入れた時みたいな危ない話にはならないよ」

「馬鹿を言え。役人たちのほうが悪党どもよりずっと恐ろしいのだぞ」

やはり由利之丞は聞いていない。

「弥五さんがやらないってのならオイラが独りでやるよ。ご褒美も独り占めだ」

「やれやれ」

こうなってくると水谷としては、可愛い由利之丞のことが心配で、手を貸さざるを得なくなる。

二人は夜道を歩いていく。その後ろを牛次郎と与吉が追っていく。

悪党二人は八巻同心（由利之丞）のことを剣の達人だと思い込んでいる。気配を覚《さと》られぬように距離をおいている。由利之丞たちが交わした相談を聞き取ることはできなかった。

第三章　女軽業師《おんなかるわざし》の謎

一

江戸の町人地には、いたるところに料理茶屋（料亭）があった。

北紺屋町《きたこんやちょう》の掘割の、奥まった場所に瀟洒《しょうしゃ》な建物が造られている。昨今評判の料理茶屋の讃岐屋《さぬきや》で、表道からは入れない。舟を仕立てなければ店の入り口に辿《たど》りつくことができないという趣向《しゅこう》が凝らされている。

客の顔を見られないようにするための仕掛けでもある。

江戸の宴会は、主に日中に行われる。夜間の宴席は好まれない。夜間照明が高価な上に光量が乏しい。百目蠟燭《ひゃくめろうそく》を立てても互いの顔の見分けがつかないほどだ。

さらに言えば夜道は物騒なので、金持ちたちは、できるかぎり夜中には出歩きたくない。

さて、北紺屋町の掘割端に由利之丞がしゃがみ込んでいた。料理茶屋に向かう猪牙舟《ちょきぶね》に目を凝らして、客の面相を見定めようとしている。

讃岐屋に上郷備前守が来る、町人たちが宴席を用意して歓待する、という情報を摑《つか》んだのだ。

由利之丞は、町方同心になりきった顔つきで、眼光鋭く猪牙舟を見張る。水谷弥五郎は、やや、呆《あき》れ顔だ。

「そもそもお前が張り込んでどうなるというのだ。町奉行の許に伺候《しこう》する者の人別など、見分けがつくまい」

すると由利之丞は小癪《こしやく》な顔で「ヘンッ」と言った。

「見損なっちゃあ、いけないね。オイラたち芝居者は江戸の大人物の顔なら、たいがい見知ってるのさ。芝居小屋はお接待にも使われるからね」

大奥の女人《にょにん》たちは芝居が好きだ。大奥は幕府の影の権力者である。大奥に取り入って金儲《かねもう》けを企らむ商人たちは芝居小屋を盛んに利用した。看板役者は、桟敷《さじき》に侍《はべ》って大人物たちを饗応《きょうおう》した。

もちろん由利之丞には大人物の御贔屓《ごひいき》などついていない。荷物運びの際に大人物たちの顔を横目で見るのが精一杯だ。

ともあれ、まったく顔を知らぬわけではない。〝横顔なら見慣れてる〟と言わんばかりに、舟に乗った客の顔を見定めていく。

「あれは大坂の商人の……ええと、誰だったかな」

「しっかりしろ」

「思い出した！　龍涎堂治右衛門さんだ。ねぇ、オイラが苦労して思い出したんだからね。しっかり書き留めておいておくれよ」

由利之丞は読み書きが苦手である。水谷が矢立《やたて》の筆を取って帳面に書き記してゆく。水谷にとっては情け無い話だが、

「これも銭のためだ」

と辛抱するしかない。

二人の姿を見て（怪しい奴《やつ》らだ）と思ったのだろう。厳《いか》めしげな大男が近づいてきた。

「浪人さんたち、さっきからそこで何をしてるんだい」

「おっと、さっそく来やがったな」

由利之丞は得意気に鼻をヒクつかせながら立ち上がり、チラリと気障《きざ》な一瞥《いちべつ》を投げた。

「そっちこそ何者《なにもん》だい。近在の番屋の者か」

伝法《でんぽう》な口調である。

男は名乗らない。

「今日は大事な客が来るんだ。手前《てめ》ぇたちみてぇな胡乱《うろん》な奴らにうろつかれたんじゃ困るんだよ」

「フン。讃岐屋の用心棒か」

用心棒は喧嘩《けんか》の強い者が選ばれる。若衆役者に舐《な》めた口を利かれたら、カッとなるに決まっている。

「なんでぇ、手前ぇは！」

早くも拳《こぶし》を振り上げた。由利之丞は口の端《は》をひん曲げて笑った。

「おっと待ちねぇ。こっちは南町の御用で来てるんだぜ？」

「なんだとッ？」

水谷弥五郎が急いで割って入る。懐《ふところ》から手札《てふだ》を取り出した。手札とは名刺のことだ。

目を向けた用心棒の顔がギョッとなった。

「みっ、南町の八巻……！」

息を呑んで、由利之丞の顔を見た。

「南町の八巻様と言やぁ、役者みてぇな優男《やさおとこ》……、あなた様が！」

「御用の邪魔だぜ。あっちぃ行きな」

「へっ、へいっ！　とんだご無礼を！」

用心棒は真っ青な顔となって走って逃げた。由利之丞は嘲笑《あざわら》った。

「見たかい弥五さん、アイツのツラを」

水谷弥五郎は眉根《まゆね》を寄せている。

「悪ふざけが過ぎるぞ」

「オイラは『南町の八巻サマだ』とは言ってないよ。あっちが勝手に誤解しただけさ。弥五さんが若旦那の手札なんか見せるのが悪いんじゃないか」

「そうでもせねば、お前があの男に殴られていただろう」

同心の手先は、手札を預かって、御用の手伝いを務めていることの証明とする。水谷が卯之吉の手札を持っていたのはそのためだ。

由利之丞は悪びれた様子もない。

「若旦那のために働いてるのは本当なんだ。オイラは若旦那の代人《だいにん》、南町の八巻様の影武者だよ。それじゃあ見張りを続けようじゃねぇか」

由利之丞は気取って見得《みえ》を切った。水谷は呆れ果てて首を横に振った。

新富町の元締《もとじめ》、轡屋庄五郎も、猪牙舟を仕立ててやって来た。饅頭笠《まんじゆうがさ》を被《かぶ》り、煙管《キセル》を咥《くわ》えている。

棹《さお》を握る船頭も笠を目深《まぶか》に被って面相を隠している。ふと、掘割の岸に目を向けると、

「元締」

と、注意を促した。

庄五郎も「うむ」と頷《うなず》く。河岸に立つ牛次郎の姿を認めたのだ。

「何か報《しら》せがあるようだ。岸につけてくれ」

船頭は「へい」と低い声で答えると、笠を傾けたまま棹を操って、舟を岸に着けた。牛次郎がかがみ込んで顔を近づけてきた。

「この先で、八巻が見張っておりやす」

庄五郎は険《けわ》しい目つきで見つめ返した。

「確かかね」

「へい。あっしは与吉と二人で昨夜《ゆんべ》っから、ずっと八巻を追《つ》けておりやしたんで。見間違うもんじゃあござんせん」

庄五郎は頷き返した。振り返って船頭を見た。

「戻しておくれ。讃岐屋へ行くのはナシだ」

「へぇい」

無茶な言いつけにも慣れているのか、船頭は川幅の狭い掘割で巧《たく》みに船首を巡らせた。元の方向へ戻っていく。

牛次郎もすぐに姿を消した。


夕刻、讃岐屋を離れた猪牙舟が、客を乗せて掘割を下っていった。

水谷弥五郎が見送っている。

「これからどうする。讃岐屋の台所へでも行って、客の素性を問い質《ただ》すのか」

「そいつぁ無理だよ。料理茶屋は、客の話は絶対に外には漏らさないからね」

由利之丞は帳面を捲《めく》って記された名を検《あらた》めている。どこまで字が読めているのかは心許ない。

「さぁて……。こいつをどこに持ち込んだものかな？　頼み元の皆川屋さんのところか……。いや、若旦那のところに持ち込んだほうが、ご褒美がたくさんもらえそうだよなぁ」

それからブルッと身震いをした。

「日が暮れたら、たちまち冷えてきたよ。ともあれ帰るとしようか」

「うむ。追剝《おいはぎ》などに出くわすと面倒だ」

「弥五さんのほうが追剝みたいさ」

着物は真っ黒。面相も険しい。夜道では出会いたくない人物だ。水谷本人も自覚しているらしい。

「番屋の者に咎《とが》められたら面倒だな」

「なぁに、オイラが身の証《あかし》を立ててやるよ。南町の八巻の手下だと言えばいい」

由利之丞はすっかり同心気取りだ。張り込みをしている間に気分が乗ってきてしまったのであろう。

二人は暗くなった道を歩きだす。初冬の日没は早い。すぐに夜となった。

大川の川沿いを進む。二人の塒《ねぐら》は深川——大川の東岸にあった。

ふと、水谷弥五郎が足を止めた。

「嫌な気配だ」

「えっ、なんだって」

「静かにしろ」

水谷は由利之丞を制して、周囲の気配に耳をすました。

冷たい風が川面《かわも》を渡ってくる。川べりに生えた枯れ草を揺らした。空には群青色《ぐんじょういろ》の夕映《ゆうば》えがわずかに残っている。川に突き出た桟橋《さんばし》や、対岸の町家の屋根がぼんやりと見えた。

闇の中に妖しい人影が、ひとつ、またひとつと、出現した。合わせて七人。

「弥五さんッ？」

「うむ。どうやら取り囲まれたぞ」

「ええっ、どういうことだい」

「我らを待ち構えておったようだな」

曲者《くせもの》たちは闇の中で目だけをギラギラと光らせている。由利之丞は急に顔色《がんしょく》を失くして震えだした。

「あいつら、なんでオイラたちを狙うのさ」

「お前が『南町の八巻だ』などと嘘をついたからであろうよ」

「言ってない、そんなこと！」

「誤解を解いている暇《ひま》はなさそうだぞ。わしの傍《そば》から離れるな」

曲者たちがジリジリと包囲の輪を狭めてきた。由利之丞は恐怖で完全に取り乱した。

「こっ、このオイラが、南町の八巻と知っての狼藉《ろうぜき》かッ？」

水谷弥五郎は、

「馬鹿め。何を言いだすのだ」

ますます呆れた。

「キエーッ！」

曲者の一人が金切《かなき》り声を上げながら、刀を上段に振り上げた。

「ひええっ！」

由利之丞は腰を抜かす。ストンと尻餅《しりもち》をついた。

代わりに鋭く踏み出したのは水谷弥五郎だ。

「ダアッ！」

腰の刀を抜くのと同時に、斜め上に切り上げた。由利之丞に斬りかかった曲者の両腕が水谷の斬撃《ざんげき》で輪切りにされた。

切れた腕が刀を握ったまま飛んで行く。

「ぎゃあッ」

曲者は腕から血を噴きながら後退した。

水谷弥五郎は素早く左右に目を向けて曲者たちを威圧《いあつ》する。その時、真後《まうし》ろからスルスルっと別の曲者が迫ってきた。

「弥五さん、後ろッ」

由利之丞が横に転がって逃げる。その声で敵の接近を察した弥五郎が素早く立ち位置を踏み替えた。

曲者が斬りかかる。弥五郎は刀の鍔《つば》でガッチリと受けた。大きな金属音が響く。撥《は》ね返しざま、水谷はすかさず一撃を繰り出した。曲者の胸から腹をザックリと斬った。

「グワッ」

仰《の》け反《ぞ》る曲者に前蹴りを喰《く》らわせて転がし、さらに踏み越えてその向こう側の曲者に攻めかかった。身を低くして突っ込んでいく。

「うわわっ」

強面《こわもて》の悪党たちが怖気《おぞけ》をふるう。身を翻《ひるがえ》して逃げようとしたところへ、

「タアーッ！」

背後からの一撃を見舞った。

「ぎゃあッ、斬られたッ」

曲者の一人が情け無い悲鳴を上げて倒れた。

「かなわねぇ、逃げろッ」

強面のはずの曲者たちが算を乱して逃げていく。

「手前ぇたち！」

由利之丞が叫んだ。

「手前ぇらのツラぁ、しかと見覚えたぜ！　南町の八巻から逃れられるたぁ思うなよッ」

突然に生気《せいき》を取り戻し、同心になりきった口調で啖呵《たんか》を切る。

「おいおい」

水谷弥五郎は困り顔だ。

「そんなことを言って、仕返しに押しかけられたらどうする気だ」

「押しかける先は若旦那のところだろう？」

呆れたを通り越して物も言えない。

　水谷は懐紙《かいし》を出して刀に拭《ぬぐ》いをかけた。血脂《ちあぶら》がついたままでは鞘《さや》に戻せない。

「……この懐紙は、もう駄目だな。ひと月持たせたのだが、買い換えねばならんか」

　懐紙は武士のたしなみだが、貧乏浪人はそう易々《やすやす》と買い求めることもできない。古びて汚くなっても、懐に突っ込んでおく。

　しかし、さすがに血がついた懐紙を使い続けることはできない。行く先々で騒ぎになって役人を呼ばれてしまう。

　水谷は納刀し、懐紙は、斬り倒した曲者の懐にねじ込んだ。刀についた血さえも相手に返すのが武士の礼節とされている。

　由利之丞は死体を恐々《こわごわ》と見て回る。

「酷《ひど》いことをしたねぇ」

「馬鹿を言え。こうでもせねば、わしとお前が死んでおる」

「どうしようか、この骸《むくろ》」

「八巻氏に報せるしかなかろう。町奉行所で片づけてくれるであろうよ」

「面倒な話になってきたねぇ」

「面倒な話に首を突っこんだのはお前であろうが」

二人は、三つの死体を残して立ち去った。

少し離れた物陰で身を震わせている者たちがいた。

「い、今のを見たかよ与吉……」

「見たぞ。なんてぇ業前《わざまえ》でぃ」

牛次郎と与吉の二人である。骨張った顔だちの牛次郎と、小太りで色白の与吉であったが、ふたりとも恐怖で身を強張《こわば》らせていた。

「ともあれ、元締にお報せしねぇと」

与吉が走り出し、牛次郎が後を追おうとして転んだ。

「どうしたい？」

「こ、腰が抜けた……」

恐怖で足腰に力が入らない。

二

新富町に建つ船宿は、新富町の元締こと轡屋庄五郎の隠れ家である。そこへ牛次郎と与吉の、小悪党二人が飛び込んできた。

「元締、とんだしくじりだ」

牛次郎は敷居《しきい》を隔《へだ》てた廊下に正座して報告する。

「腕利きの浪人先生が三人も、あっと言う間に斬られちまいやした」

庄五郎は暗い座敷に座っている。明かりは行灯《あんどん》がひとつついているだけで、その表情は読み取れない。片手に煙管を構えていた。

「確かに見届けたのかい」

「へい。この目で。なぁ、与吉」

与吉も頷いた。

あの時は闇が河原を包んでいた。そのうえ川霧も立ち上っていた。実は二人がいた場所からは、由利之丞と弥五郎の姿はよく見えなかったのだが、「八巻が怖いので遠くから様子を窺《うかが》ってました」などと答えたら、どんな折檻《せっかん》を喰らうかわからない。「確かに近くで見た」と言い張るしかない。

二人は本気で八巻（由利之丞）が浪人たちを斬ったと思い込んでいる。八巻同心は剣豪だと信じ込まされているからだ。

与吉はブルッと身震いを走らせた。

「八巻の野郎、抜け抜けと啖呵を切りやがりました。『南町の八巻から逃れられると思うな』とかなんとか……」

庄五郎は吸い終えた煙管の灰を落とした。

「斬られた浪人の先生方はどうした」

牛次郎と与吉は顔を見合わせた。牛次郎が厳つい肩を竦《すく》めて、面目《めんぼく》なさそうに首を垂れた。

「骸を拾いに行くわけにもいかねぇですから、そのままでがす」

「置き捨てかい」

「へい」

庄五郎はおもむろに新しい莨《たばこ》を詰めて、火をつけて吸った。紫煙《しえん》を吐き出す。

「今頃は町方の同心が検屍《けんし》をしていることだろうな」

「どうしやす。浪人の先生がたの身許が割れて、そっからこっちまで繋がりを手《た》繰《ぐ》られねぇとも限りやせんぜ」

「案ずるには及ばない。今月の月番は北町奉行所だ」

小悪党二人の表情がパッと明るくなった。

「違《ちげ》ぇねぇ！」

牛次郎が膝を打ち、与吉はしたり顔でほくそ笑む。

「まったく心強いったらねぇですぜ」

「ともあれ」と庄五郎は話を続けた。

「八巻から目を離すんじゃないよ。たとえ八巻に捕まっても、北の町奉行様が助けてくださる」

「へいっ」と二人は平伏した。

「安心して悪事に励めるってモンですぜ」

牛次郎は汚い歯を剝《む》き出しにして笑った。

報告を終えた二人が去って行き、座敷には庄五郎一人が残された。

隣の座敷に通じる襖《ふすま》が開けられた。一人の武士が現われた。

「勝手な物言いは困るな。我ら北町奉行所は、悪党の尻拭《しりぬぐ》いなどはせぬぞ」

武士はズカズカと踏み込んできてドッカと座る。厳つい顔で庄五郎を睨《にら》んだ。

上郷備前守の家士で、北町奉行所の内与力に就任した生駒十郎兵衛だ。隣の座敷に身をひそめて、悪党たちの会話を聞いていたのだ。

庄五郎は笑みを含みながら、煙管を莨盆の小引き出しにしまった。

「無論のこと、手前も、北町奉行所のお手を煩《わずら》わせるつもりはございませぬよ。今のは、あの二人を働かせるための虚言《きよげん》にございます。ああでも言わねばあの二人、八巻様を恐れて逃げ出すかもわからないですからねぇ」

「ふんッ。呆れた話だ。悪党の主従に忠義心はないのか」

「忠義心なんてぇものを持って生まれた者は、悪党にはなりませぬよ」

庄五郎はしれっとした顔つきで言い放つと膝《ひざ》を巡《めぐ》らせて、生駒の正面を向いて座り直した。

「あの者たちには八巻様を見張らせ、あるいはその必要があるのであれば、八巻様のお手を煩わせまする」

「どういう意味だ」

「八巻様にあの二人を捕縛していただくのですよ」

「なんのためにだ」

庄五郎は人が悪そうに笑った。

「手前が今、進めている策――村田銕三郎様をはめる策を、八巻様に邪魔《じゃま》されたくないのでございます。八巻様があの二人を追っている間に、我らは村田様を陥《おとしい》れるのでございます」

「なるほどな。それでわざわざ浪人を雇って、八巻を襲わせたのか」

「今の報せから判ずるに、八巻様は怒り心頭に発したご様子……。まず、初手の布石はこちらの思ったように運ぶことができました」

「うむ。して、村田銕三郎を陥れるための策は、どのようにして進めるのか。わしはそれを質《ただ》しに来たのだ」

「さすれば——」

庄五郎は両手をパンパンと二度鳴らした。

何者かが廊下を渡ってやって来る。静かな足音と衣擦《きぬず》れの音がして、美女が廊下に膝をついた。黒髪を島田《しまだ》に結い上げている。睫《まつ》毛《げ》が長い。

庄五郎が紹介する。

「お節《せつ》という名の、女《め》狐《ぎつね》めにございます」

お節も悪びれた様子もなく、

「節と申す小悪党にございます。なにとぞよしなに」

妖艶《ようえん》な眼差《まなざ》しをチラリと向けて会釈《えしゃく》した。

生駒は美女の流し目などには心惑わされることもない。仏頂面《ぶっちょうづら》のまま、庄五郎に質した。

「この女人を使って村田銕三郎をたらし込もうという魂胆《こんたん》か」

「いえいえ」

庄五郎は含み笑いの顔つきで手を横に振った。

「村田銕三郎という男、手前の調べたところによればなかなかの堅物《かたぶつ》。おまけに用心深い。色仕掛けなどに引っかかるものではございますまい」

「ならば、なんとする」

「二重、三重に罠を仕掛けまする。まずはこちらをご覧くださいませ」

庄五郎は立ち上がると、床ノ間の天袋《てんぶくろ》から図面を取り出した。生駒の前の畳に広げる。

「本所《ほんじょ》、中之郷《なかのごう》にある料理茶屋、〝天竺楼《てんじくろう》〟の絵図面にございまする」

大工の家から盗み出した差図《さしず》（建物の設計図）であろうか。料理茶屋の間取りや立地が事細かに記されてあった。

中之郷とは大川の東岸、吾妻橋《あずまばし》のたもと付近の地名である。

生駒は「ふん」と鼻を鳴らした。

「こんな物をわしに見せてどうするつもりだ」

「悪事を成就《じょうじゅ》させる秘訣は、事細かに段取りを組むこと――でございますよ。これから悪事を働こうという場所を諳《そら》んじて、かつ、入念に仕掛けを施《ほどこ》しておかねばなりませぬ」

「と言うことは、この料理茶屋で村田銕三郎を罠にはめるのか」

「左様《さよう》にございます」

庄五郎はニヤリと不気味に笑った。

「ここに控えし女狐と……恐れながら生駒様の手をお借りしまして、村田銕三郎を、そして南町奉行所を、奈落の底に突き落としてくれるのでございます」

生駒はもういちど差図を見た。

「詳しく申せ」

「まずは、こちらの間取りをとくと御覧くださいませ。天竺楼には母屋《おもや》と離れ座敷とがございまする」

母屋の庭を隔《へだ》てて、離れ座敷の家屋が建っている。

「この離れは、柳営《りゅうえい》のご重職など、人目につくことの憚《はばか》られる格別のお客様がお使いになられまする」

庄五郎は上目づかいに生駒を見る。

「北町奉行所のお力で、離れ座敷を借り受けていただきとうございます」

「人目につかぬ場所でやらねばならぬことがあるのか」

庄五郎はニヤリと不穏《ふおん》に笑った。

「南町の村田銕三郎を罠に嵌《は》めるという、人目を憚る大事をなさねばなりませんのでして……」

「わかった。料理茶屋と話をつけよう」

「母屋と離れとは、渡り廊下によって繋《つな》がっております。この廊下は茶屋の者が見張っております。誰も座敷に近寄らぬように。……ここが大事なのでございます」

「わざわざ、見張られている中で悪事をなそうと申すか」

「いかにも見張られている中で行いまする」

「続けよ」

「ここに、三階櫓《やぐら》が建てられておりまする」

庄五郎は庭の一角を示した。

「この三階櫓に、お節が村田銕三郎を引き込みまする」

「いかにして」

「あえて無礼を働いて村田を怒らせる。あるいは、色仕掛けで村田を唆《そそのか》す。それでも駄目《だめ》なら、櫓の中に曲者が入り込んだ、と嘘をついて村田を呼ぶ、など。いくらでも策はございますな」

「村田は気短で、とかく、猪突猛進《ちよとつもうしん》する男だと聞いておる」

「いかにもそのご気性を逆手《さかて》に取った策。村田とお節が二人きりで櫓に入った姿は、見張りの者がしかと見定めましょう」

「それで？　二人きりで櫓に入って、なんとする」

「お節は、村田の手で殺されまする」

「なんじゃと？」

生駒は庄五郎とお節の顔を交互に見た。庄五郎もお節も不敵な笑みを浮かべている。お節は妖艶な美女だけに、いっそう凄《すご》みが利いている。

庄五郎は続ける。

「もちろん替え玉でございますよ。いかに短気でも、同心の村田が女を手に掛けるとは考えにくぅございます。そこで、すでに殺した女の骸を転がしておいたうえで、村田を招き寄せまする。そしてお節が大声を発しまする」

女狐のお節は、得たりと頷いた。

「『村田様、ご無体《むたい》を！　きゃーっ』と、断末魔《だんまつま》の声をあげまする」

「店の者は、店で騒ぎを起こされたのでは大変でございますから、急いで櫓に駆けつけましょう。そこで目にするのは血まみれの女の骸。そして、村田の姿でございます。庭は見張られておったのですから、櫓の中には誰も入れない。村田が斬ったのだ、と、誰もが考えまする」

生駒に目を向ける。

「他ならぬ北町奉行所の内与力様――すなわち生駒様がその場におわすのです。内与力様が即座に駆けつけて『村田鋲三郎が下手人《げしゅにん》だ』と決めつければ、それで通りまする」

「うむ。このわしと、料理茶屋の者が『櫓に入ったのは二人だけだ』と証言すれば、村田が殺《や》ったとしか思われまい。しかし、この女はどうするのだ」

お節は「ふっ」と笑った。

「三階から飛び下りて逃げますのさ」

「そんなことが――」

「できようとは思われますまい。ところができますのさ」

お節は自信たっぷりである。庄五郎も笑みを含んで大きく頷いた。

「この女狐は、ただの女狐ではございませぬ。この企《たくら》みに欠くことのできぬ女なのでございます」

生駒は疑わしげな目で二人を見ている。

「相手は南町奉行所だ。万にひとつの失態も許されぬぞ」

するど、お節は挑発的に笑った。尖《とが》った鼻をツンと上げる。

「失態があったならば、生駒様のお刀で成敗なさってくださいまし。口封じにはなりましょうよ」

「抜かしおったな！」

庄五郎が両手を突き出して「まぁまぁ」となだめた。

「我らは悪事の仲間でございますよ。仲違《なかたが》いはよろしくございませぬ」

「貴様らが如《ごと》き悪党と、誰が――」

生駒はますます怒気を顔に上らせたが『手を組んで悪事をなせ』と命じたのは上郷備前守だ。

庄五郎は愛想笑いを浮かべている。

「それでは、悪事の成就を祈願いたしまして、固めの盃《さかずき》と参りましょう」

パンパンと手を叩くと、船宿の台所に合図を送った。

三

翌朝、出仕の刻限のギリギリになって、卯之吉が寝ぼけ眼《まなこ》でやってきた。

町奉行所に入ろうとしたその時、一人の男が門から出てきた。背が高く痩せていて、整った顔つきの中年男であった。

卯之吉は「あっ」と呟《つぶや》いて駆け寄ろうとした。慌てて銀八が止めた。

「声を掛けたらいけねぇでげす」

「なんでだね。あたしのよく知っているお人だよ」

「それはわかってるでげす。あちらは二丁町《にちようまち》の座元様《ざもと》でげす」

座元とは歌舞伎の一座の頭《かしら》のことである。歌舞伎界でもっとも偉い人物だ。主役を張る千両役者ですら、座元に対しては〝様〟をつけて呼ぶ。

卯之吉は江戸の歌舞伎の金主《きんしゆ》（スポンサー）になったこともある。歌舞伎小屋の座元とは、当然に懇意《こんい》だ。

「だからいけねぇでげす。若旦那が今の格好で座元様に声を掛けたりしたら、同心の八巻様の正体が、若旦那だとバレちまうでげす」

小声で言い聞かせているうちに、座元の姿は通りの角を曲がって、視界から消えた。

「ふうん。お前もなにかと気を使うことだねぇ」

（若旦那が気を使わねえから、気苦労が絶えねえんでげす）

そう言い返したかったけれども、黙っていた。

そこへ今度は同心の尾上伸平がやってきた。卯之吉はチョイチョイと手を振って呼び止めた。

「二丁町の座元様は、いったいどんな御用でお見えになったのですかねぇ？」

尾上は卯之吉に目を止めて歩み寄ってきた。尾上は真面目《まじめ》な男で卯之吉のことも無視できない。こういう真面目さを村田銕三郎に愛《め》でられて、憂《う》さ晴《ば》らしに怒鳴りつけられている。

「芝居の取り締まりを頼みにきたんだ。なんでも、御法度《ごはっと》の芝居が浅草《あさくさ》のほうの小さな寺に掛かっているらしい」

卯之吉は芝居と聞いて急に興をそそられた様子だ。

「どんな芝居なんでしょうねぇ？」

「軽業《かるわざ》の女が芝居をしているらしいぜ。男の役者と一緒に舞台に上がってるってんで、評判になっているらしいや」

「ああ、はいはい」

卯之吉は納得した顔つきで頷いた。

「それでしたなら、あたしはもう見に行きましたよ。ウフフ」

得意げな顔つきだ。粋人《すいじん》は、他に先駆けて見たり聞いたり食べたりすることを自慢する。暇人《ひまじん》の遊蕩《ほうとう》自慢だ。

「それで、どんな様子だったよ？　本当に、女芸人と男役者が一緒の舞台に上がってるのか」

「面白《おもしろ》い見せ物でしたよ」

卯之吉は思い出して興奮し、顔を上気させた。

横から銀八が見ている。二人の会話がまったく噛《か》み合わない——関心を示している場所が違うことが理解できた。

（また叱られるでげす！）

しかし口出しはできない。オロオロと卯之吉の振舞《ふるま》いを見守るしかない。

「高く張られた綱の上でね、役者がするりするりと歩きながらね、『玉藻前《たまものまえ》』ですよ。あんなお芝居の趣向は、あたしも見たことがございませんねぇ」

玉藻前は絶世の美女で、帝《みかど》の寵姫《ちょうき》であった。その正体は妖怪、九尾《きゅうび》の狐。正体を現して立ち回りを演じるのが芝居の見せどころなのだが、

「衣装を脱いで、狐に変じたと見るやいなや、舞台の上に張られた綱に足を掛けて、スルスルッと上っていくのですよ！　あたしたち桟敷席の上を飛び回ってね

え。天狗《てんぐ》様みたいでしたよ！　いや、天女《てんにょ》様と言うべきでしょうかねぇ」

尾上は眉根を寄せている。

「天狗でも天女でもどっちでもいい。それでその役者は、確かに女だったのか」

「綺麗《きれい》なお姫様だと思ったら、形相《ぎょうそう》も恐ろしい妖怪になりましてねぇ……。あれだけの早変わりはなかなかお目にかかれない」

卯之吉はニッコリと笑った。

「二丁町の座元様が慌てなさるのも頷けますよ。うかうかしていると人気を奪われちまいますからねぇ」

「俺は、役者が女だったのかどうかを訊《き》いてるんだよ！」

尾上が苛立《いらだ》たしげに叫んだ。芝居評を延々《えんえん》と聞かされたのではたまらない。

しかし卯之吉は芝居の話がしたくてたまらない。

「それでね、尾上さん。狐の変化《へんげ》の姿で綱から飛び下りましてね。あたしは肝《きも》が冷えましたよ。それが良くできていたもので、飛び下りた場所に厚く砂が敷かれてましてね、怪我《けが》をしないようになっているという……もちろん、飛び下りる側の体術《たいじゅつ》も見事なものでしてね——」

卯之吉のお喋《しゃべ》りはなかなか終わりそうにない。

　卯之吉は粋人だけれども、尾上は同心である。まったく別の理解の仕方をする。

「なんだってお前《め》ぇが、芝居者の詮議《せんぎ》に乗り出したんだよ？」

　芝居が好きだから見に行ったとは思わない。

「小屋が掛かっているのは寺の境内《けいだい》なんだろ？　なら、寺社奉行の掛《かかり》じゃねぇか。町方が勝手に手を出していい話じゃねぇぞ」

「そうですかね。それじゃあ町奉行所からのお咎《とが》めはナシですかね？」

「いいや。江戸の歌舞伎の許しを出しているのは町奉行所だ。歌舞伎小屋の座元が訴えて来たってんなら、手をこまねいてもいられねぇ」

「面倒ですねぇ」

　卯之吉は単純に面倒臭いと感じたからそう言ったのだが、尾上は手続きが煩雑《はんざつ》だという意味に受け取った。

「ああ。なにかと面倒なんだよ。今月は北の月番だから助かったぜ」

「じゃあ座元様も北町奉行所に行かれたらよかったのに」

「北はお奉行の交代で大騒ぎだろ。役者や芸人の取り締まりどころじゃねぇ。それで南に来たんだよ」

卯之吉はウンウンと頷いているが、話をちゃんと理解しているとは、銀八には思えなかった。

「こんちは。親分さんはいなさるかえ」

初冬の陽が真南（正午）にかかる頃、役者の由利之丞が三右衛門の店の暖簾《のれん》をくぐった。

荒海ノ三右衛門が構える店は赤坂新町《あかさかしんまち》にある。表向きの仕事は口入れ屋《くちいれや》だ。近在の武家屋敷に奉公人を斡旋《あっせん》している。

子分の一人、粂五郎《くめごろう》が由利之丞の顔を見るなり口元を歪《ゆが》めてせせら笑った。

「なんだい。ウチじゃあ役者の斡旋なんか、やってねぇぞ」

由利之丞が役にあぶれて舞台に上げてもらえないことを知っているのだ。

今日の由利之丞は黒い羽織を不格好に着ている。様にならないこと甚《はなは》だしい。

そもそも色男というものは、どんな衣装を着ても似合ってしまうものだ。装束が似合わない、というのは、やはりどこかに問題がある。

「そうじゃないよ。悪党退治の相談なんだ」

「八巻ノ旦那の御用かい」

「それでもないんだ。ともかく親分さんと話をさせておくれよ」

粂五郎は「待ってろ」と言って奥に向かって、すぐに戻ってきた。

「親分が話を聞いてくださるってよ。上がんな」


三右衛門は奥の座敷に長火鉢を据え、神棚《かみだな》を背にして座っていた。煙管を咥えてジロリと鋭い眼を向ける。卯之吉の前では勤勉な子分として働いているが、さすがに江戸の暗黒街の顔役だ。並の人間なら小便を漏らしてしまうほどに恐ろしい。凄みの利いた人相だった。

由利之丞は敷居を跨《また》ぐのを遠慮して、廊下の板敷きに正座した。

「親分さん、一別《いちべつ》以来、すっかりご無沙汰《ぶさた》しちまって面目ねぇ」

由利之丞は不義理な男だが、さすがに（挨拶《あいさつ》ぐらいは欠かすべきではなかった）と気がついた。

長くなりそうな挨拶を三右衛門は遮《さえぎ》った。

「千両役者の長口上《ながこうじよう》なら、聞いていて惚《ほ》れ惚《ぼ》れとさせられるが、台詞《せりふ》回しもおぼつかねぇ手前ぇなんぞに、つっかえつっかえ口上語りをされたって苛立つばかりだ。そのぐらいにしておきねぇ。オイラは気が短《みじけ》ぇんだ」

座り直して睨みを利かせて、

「それで今日はいってぇなんの用件だ。〝ご機嫌伺《うかが》いに来る〟なんてぇ可愛い性《しょう》分《ぶん》の手前ぇとは思われねぇ。どんな魂胆でツラぁ出しやがった」

「へい、そのぅ……、オイラ、親分さんしか頼りにできそうなお人がいねぇんで、ここに来たんだ」

「どんな頼みだ」

「悪党退治だよ」

三右衛門は改めて由利之丞を見つめて、黒い羽織に目を止めた。

「手前ぇ、なんだって黒羽織なんか着ていやがる？　またぞろ八巻ノ旦那を騙《かた》ってるんじゃねぇだろうな！」

そのとおりなのだが「そうです」と答えたらどんな折檻をされるかわからない。由利之丞は冷や汗をにじませて答える。

「オ、オイラは若旦那の影武者だよ。若旦那の身に降りかかる難儀《なんぎ》を引き受けようってぇ話だ。確かに同心様に見える格好だけど、若旦那の名を騙るなんてとんでもない」

「フンッ、いっぱしの忠義ヅラをしやがって。今度の話は、八巻ノ旦那の御為《おんため》になる話なのか」

「わからない……。でも、二丁町から礼金は出るよ。オイラ、市村座の座元様から面倒な仕事を言いつけられたんだ」

「どんな仕事だよ」

「聞いてくれるのかい、親分さん」

「歌舞伎の座元様の言いつけとあっちゃあ、聞き捨てにはできねぇだろうよ。俠《きよう》客《かく》だって、座元様には一目《いちもく》置いてる」

「それじゃあ話すけどさ……」

由利之丞は語りだした。


歌舞伎小屋には歌舞伎茶屋が併設されている。小屋と茶屋の間は渡り廊下で繋がっていた。

平土間《ひらどま》の升席《ますせき》の客は小屋の木戸口《きどぐち》から入るが、金持ちの上客はいったん茶屋に上がって座敷で役者の挨拶を受ける。それからおもむろに小屋に入って観劇するのだ。

座元は茶屋の座敷に座って、文机《ふづくえ》に置いた帳簿に目を通していた。四十代後半の〝役者にしたいような〟色男である。切れ長の二重《ふたえ》まぶたで彫りが深い。由利之丞が廊下で平伏すると、チラリと横目を向けてきた。

由利之丞の心は躍った。

(いよいよオイラに大役が回ってくるんだ)

期待に総身《そうみ》を震わせた。

由利之丞は踊りも謡《うた》いも芝居も下手だが、自分は名優なのだと信じて疑わない。そろそろ看板役者に抜擢《ばってき》されるはずだと思っていた。だから今日、座元に呼ばれて「いよいよきたか」と考えたのだ。

座元は冷たい目で由利之丞を一瞥《いちべつ》した。それから莨盆を引き寄せて一服つけはじめた。

そっけない態度だが気にならない。座元は千両役者が相手でも、愛想笑いのひとつも浮かべない。

座元はスーッと煙を吐いた。

「けしからん宮地《みやち》芝居が流行《はや》っている」

そう言った。

由利之丞は何を言われたのか理解に苦しんだ。

宮地芝居とは、神社や寺の境内で催される芝居のことだ。江戸歌舞伎の三座が幕府公認の〝官許芝居〟であるのに対して、宮地芝居は許認可を得ずに開催される〝犯罪〟である。江戸の労働者は幕府の（主に町奉行所の）許可を得て働く。許可を得ずに働く者は不法就労者だ。取り締まりの対象なのであった。

「しかもだ」と座元は続けた。

「こともあろうに、男女の別なく舞台に上がっているらしい」

「ちょっと待っておくんなせぇ」

由利之丞は堪《たま》り兼ねて口を挟んだ。

「いってぇ、なんの話でございますか」

座元は吸い終わった煙管を灰吹きにカンッと打ちつけた。灰を落とす。雅《みや》びな手つきで煙管をしまいながら言う。

「芝居の舞台に、男の役者と女の役者が一緒に上がるのは御法度だ」

それぐらいは由利之丞でも理解している。

「それと、オイラと、どういう係わりがあるってんで？」

「お前ね、その不届きな女役者を見つけてきなさい。居場所を突き止めてお奉行所に指して（通報して）やるんだ。まさかお前、不届きな宮地芝居をそのままにしておいていいと思ってるんじゃないだろうね？」

「そりゃあ、とっ捕まえなくちゃならねぇでしょうが……」

「宮地芝居といえども、芝居好きの客を取られたんじゃあ、こちらの実入りに障《さわ》りが出る。油断大敵だ。女役者が世間の評判を呼ぶ前に、潰しておかなくちゃいけないよ」

「……その理屈ぁ心得やしたけど、どうしてオイラが、宮地芝居に探りを入れなくちゃいけねぇんで？」

「暇だろう。お前は」

ガツンと言われて由利之丞はクラッと意識を遠のかせた。

座元に悪意があったわけではない。由利之丞ははっきり言われなければ現実を受け入れない人間なので、はっきりと言われてしまうのだ。

ともあれ由利之丞は、次の芝居でも舞台に上げてもらえないことを知った。

「……だけど、どうしてオイラなんですかね。暇を託《かこ》ってる野郎は他にもおりやすのに」

「お前は南町奉行所と懇意なんだろう。話は洩《も》れ伝わってるよ」

卯之吉との関係が露顕《ろけん》しているらしい。

「それに、銭にも事欠いてるはずだ。駄賃《だちん》だ。持っていきなさい」

銅銭の詰まった巾着《きんちゃく》がドンと置かれた。

銭がなくて困っているのは事実で、この収入はありがたい。しかし、どうせ仕事を回してくれるのであれば、芝居の役につけてほしい。

「あのぅ、オイラ、この秋口の芝居興行では――」

「話は終わった。行きなさい」

座元に追い払われて、由利之丞はスゴスゴと退散した。


「……というわけなんだよ」

由利之丞は、かい摘《つま》んで話を伝え終えた。

三右衛門は不穏な目で由利之丞を見ている。

「そんなつまらねぇ話に、旦那とオイラを引きずりこもうってのか」

すぐに頭に血が上る。

「旦那は江戸一番の同心様なんだぞッ。手掛ける悪事は江戸を揺るがす大騒動だけと決まってるんだッ。芝居者の縄張り争いなんかに首を突っこむ暇はねぇッ。旦那と荒海一家を軽く見るんじゃねぇッ！」

気迫に圧《お》され、由利之丞は真後ろに転がって逃げた。うかうかしていたら拳骨《げんこつ》が飛んでくる。

「オ、オイラの心得違いだったよ……。お邪魔様でした……」

逃げるようにして立ち去った。

「フンッ」

三右衛門は鼻息を吹くと胡坐《あぐら》をかき直した。莨盆を寄せて煙管を手にする。莨に火をつける前に代貸《だいがし》の寅三《とらぞう》を呼んだ。

「へぇい」と答えて寅三が廊下に片膝をついた。三右衛門は質した。

「今の話を聞いていたか」

「へぇい」

「お前ぇが手を貸してやれ。由利之丞一人じゃあ手に余る」

寅三は殺気立った顔つきのヤクザ者だ。

「由利之丞は一家に不義理ばっかり働いておりやすが、それでもお助けなさるんですかえ」

「仕方ねぇだろ。頼って来た者《もん》を無下《むげ》にできるもんけぇ」

寅三は細い目をさらに細めて苦笑した。

「お情け深《ぶけ》ぇこってす」

「さっさと行かねぇか！」

寅三は一礼して立ち上がった。由利之丞の後を追って外に出た。

四

「ああ、ここだね」

由利之丞は寺の門前町の木戸を見上げた。

門前町には茶店や料理茶屋、小商いの店が建ち並んでいた。ここは町奉行所の支配地ではない。寺社奉行所の支配地だ。

町奉行所の同心が検断《けんだん》（警察権の行使）できないのをいいことに、悪事がはびこりやすい。

とはいえ、その悪事は大がかりなものではない。手慰《てなぐさ》みの丁半博打《ちょうはんばくち》や、射幸《しゃこう》心《しん》を煽《あお》る籤引《くじび》き、境内での宮地芝居の興行など、お上のお目溢《めこぼ》しに与《あずか》ることのできる程度に留まっている。

「ここの境内で、小屋掛けしているらしいね」

由利之丞は噂を頼りにやってきた。背後には寅三と、荒海一家の新入りが二人控えている。竹次郎《たけじろう》と銀公《ぎんこう》という若者たちで、寅三に預けられ、渡世《とせい》の礼儀を習っている最中だ。

竹次郎は小柄ですばしっこい（悪く言えば落ち着きのない）男で、スルスルッと木戸をくぐると、門前町の様子を探っている。

銀公は大柄でぼんやりしがちな男だ。店先で焼かれる団子に目を止めて、

「ああ、腹減った」

と呟いた。二人は同郷の幼友達である。

寅三は通りの先の境内に目を向けた。

「今日は、宮地芝居は小屋掛けしていねぇようだな」

静かである。参詣者も少ない。そもそも寺社が境内での興行を許すのは参詣者を増やすためである。一種の客引きだ。

寅三は鋭い目を四方に向ける。

「こちらの御門前を仕切っているのは伊佐島《いさじま》ノ与曽蔵《よそぞう》だ」

寅三は歩んでいく。由利之丞は不安にかられた。

「どこへ行くんだい寅三兄《あに》ィ」

「与曽蔵の塒《ねぐら》に決まってるだろ。女役者が境内で芝居をしていたってんなら、与

曽蔵に仁義を切っているはずだ」

　ズカズカと歩んで、一軒の店の暖簾の前に立った。

「伊佐島ノ与曽蔵一家の御飯場はこちらでござんすか」

　同じ言葉を三度繰り返すと、

「御意《ぎょい》にござんす」と、暖簾の奥から返事があった。

　侠客同士の挨拶は長くて煩雑だ。本物の侠客であることを証明するための〝合い言葉〟でもある。「手前生国《しょうごく》と発しまするは」の自己紹介に辿りつくまで、謎掛けのような遣《や》り取りが延々と続いた。


　与曽蔵は三十過ぎの、貫禄《かんろく》のあまり感じられない男であった。神棚を背にして座っている。

　貫禄がないのは寅三に怯《おび》えているからだ――と由利之丞は見て取った。一家を構える親分といえども、与曽蔵一家の子分は少ない。江戸一番の武闘派との悪名も高い荒海一家の代貸に睨みを利かされ、居心地が悪そうにしている。

「あんたが寅三さんかい。噂は耳にしているよ」

「お初にお目にかかりやす」

礼儀上、寅三が遜《へりくだ》り、与曽蔵が横柄《おうへい》な口を利いているが、本心は逆だ。与曽蔵はおもねるような目で寅三の顔を覗《のぞ》き込んだ。

「オイラになんの用なんでぇ」

寅三は冷たい顔つきで答える。

「こちらの御境内に小屋掛けしている宮地芝居の件でござんす。ただの小芝居なら御本尊様《ごほんぞん》の手前、こちらも罰当《ばちあ》たりな口は控えさせていただきやすが、女役者を舞台に上げたとあっちゃあ、黙っちゃおられやせん」

与曽蔵は額に汗を滲《にじ》ませ始める。

「なんだって手前ぇにそんなことを言われなくちゃならねぇんだ」

「男の役者と女の役者を一緒にしちゃあならねぇってのは、お上の御法度であるうえに、渡世の仁義でもござんす。忘れちゃいねぇでしょう」

「荒海一家に詮議を受ける謂《い》われはねぇぞ」

「詮議に乗り出したのは二丁町なんでさぁ」

寅三は肩ごしに振り返って、由利之丞に目を向けた。

「名乗りな」

「へい。オイラは市村座の若衆《わかしゅ》役者、由利之丞てぇいいやす。二丁町の座元様に言いつけられて、女役者を咎めに来たんでさぁ」

　与曽蔵は怪訝《けげん》な顔だ。

「なんだって手前ぇみてぇな、売れてなさそうな端役《はやく》役者が、座元様の代人みてぇなでけぇツラぁしていやがるんだ」

　貫禄がないのはお互い様であったらしい。

　寅三が説明する。

「この役者は、こう見えても、南町の八巻様の手下《てか》なんで。座元様もそれを知っていなすったんでしょう」

　途端に与曽蔵は発条《ばね》の弾《はじ》けたような反応を見せた。

「みっ、南町の八巻様……！」

　すかさず寅三が凄みを利かせる。

「事の子細は八巻様のお耳にも届くんですぜ？　親分のためを思って、僭越《せんえつ》な口を利きやす。包み隠さず、話しちまったほうがいいですぜ」

　由利之丞はいつものように悪のりして言う。

「お上にも、情けはあるんだぜ」

　与曽蔵は青い顔をして余所《よそ》を向いて、胡坐をかきなおした。

「市村座の座元様にばかりか、八巻ノ旦那にまで目をつけられてるってんじゃあ仕方がねぇや。閻魔《えんま》様の前に引き出されたつもりで喋るぜ。確かにな、女役者が一昨日《おととい》まで、境内で小屋掛けしていやがった。大層な入りだったぜ。寺銭もガッポリ大儲けだ」

「その女は、今どこに？」

「今日は小屋掛けしていねぇよ。見りゃあわかるだろ。境内には閑古鳥《かんこどり》が鳴いてらぁな」

「女役者はどこへ行ったのかと訊いてるんですぜ」

「知らねぇ。嘘じゃねぇよ。女役者の一座もお上の法度に触れてるってこたぁわかってる。コソコソと逃げ回りながらの芝居興行だ。三日過ぎたら場所を変えるってぇ用心深さだ。不思議だよなぁ。それでも芝居好きは、どこからともなく噂を聞きつけて見物に来なさるのさ」

与曽蔵は、ニヤリと笑った。

「女を見つけてぇってンなら、芝居好きの評判に耳を傾けるのが良いだろうぜ。きっと『どこそこの寺で小屋掛けしている』ってぇ噂が耳に入るだろうよ」

「その女、なんてぇ名前なんですね」

「中村三条太夫《なかむらさんじょうだゆう》だ」

「本当の名を訊いてるんですぜ」

「お節ってぇ名前らしいな。小屋の男衆がそう呼んだのを聞いたぜ。もっとも、それだって、本当の名前かどうかはわからねぇ。旅芸人が道中手形《どうちゅうてがた》を持っているとも思えねぇしな」

道中手形は出生地の檀那寺《だんなでら》が発給する。一回限りの旅で有効だ。旅から旅の者たちは、村を出る時には手形を持っていたかもしれないが、すぐに無効になってしまう。

「オイラが言えるのはそれぐらいだぜ。どうする？　八巻ノ旦那の前にオイラを突き出すのかよ？」

「旦那はそこまでお暇じゃあござんせんよ」

ホッと安堵《あんど》した様子の与曽蔵を置いて、寅三と由利之丞は一家を後にした。

「おい、八巻が出てきやがったぞ」

与吉が牛次郎の袖を引いた。

与曽蔵一家の戸口から黒羽織の男が出てくる。続いて目つきの悪い瘦せた男と、若い者二人が出てきた。

与曽蔵一家の子分衆も「足元にお気をつけなすって」などと愛想を言いながら見送りに出ている。

「たいした貫禄だぜ」

与吉が、半ば感心した口調で言った。

与曽蔵一家の子分に見送られて頭を下げられていたのは寅三だったのだが、そうだとは思わない。由利之丞を卯之吉だと思い込まされている。

二人は路地の物陰に身を潜《ひそ》めた。与吉は様子を窺い続ける。

「あの凄みのある野郎は、何者《なにもん》だ」

「荒海一家の寅三だよ」

牛次郎は答えた。

「いつでも一家を興《おこ》すだけの力があるが、八巻に義理立てして、いつまでも荒海一家の子分に収まってるってぇ話だ」

本当は三右衛門の男振りに惚れ込んでいるのだが、なぜか世間では『寅三も八巻同心に心酔している』ということにされている。

八巻同心（由利之丞）と荒海一家の三人は門前町を去った。

「いってぇ何の用件で来たんだろうな」

与吉はちょっと思案して、

「やい牛次郎、お前ぇは八巻を追っかけろ。俺《おいら》ァ与曽蔵一家の若いのをつかまえて八巻の用件を問い質してくる」

「合点だ」

牛次郎は尾行を続け、与吉は一家の前で箒《ほうき》をかけていた若い者に駆け寄った。

五

夕刻、与吉は新富町の船宿に向かった。悪事の元締、轡屋庄五郎に報告をするためである。

与吉は廊下に正座して、座敷に向かって低頭した。

「八巻は、女役者のお節を嗅《か》ぎ回っているようでやす」

「なに……？」

庄五郎は一瞬、絶句した。だが、子分の前で取り乱した姿を見せることはできない。急いで落ち着きを装《よそお》った。

「それは確かな話なんだな？」

「へい。与曽蔵一家の若い者に、銭を握らせて聞き出しやした」

「わかった。八巻の尾行を続けなさい」

庄五郎は与吉を帰すと、一人、座敷に残った。腕を組んで考え込む。

「八巻が、お節に目をつけただと？」

その時、隣の座敷とを隔てる襖の向こうで声がした。

「入るぞ」

襖が開けられて生駒が踏み込んできた。

「話は聞かせてもらったぞ」

そう言いながらドッカリと座る。横目で庄五郎を見て、さも小馬鹿にした顔つきで笑った。

「口ほどにもないな、庄五郎よ。早くも八巻に悪事の尻尾《しっぽ》を摑まれたか」

「まだ、左様に決まったものではございませぬ」

「我ら武士は、お前たちと違って臆病ゆえな、悪事が露顕しそうになったならば即座に手を打つぞ」

「どのような手を打たれるのでございましょう」

「八巻が手を伸ばしてくるよりも先に、悪事の芽を摘《つ》むのじゃ」

「手前をお縄に掛けるとでも?」

「いいや、斬り捨てる。『手に余ったがゆえに斬った』と言えばそれで通る」

「口封じでございますか」

「それも覚悟をしておけ――という話じゃ」

「八巻様には捕まりたくない、生駒様には斬られたくない。いやはや、とんだ綱渡りでございますな。しかしこれはかえって好都合」

「なにを申しておる」

「八巻様がお節を追っていらっしゃるのであれば、これを幸いに『お節は江戸の外に逃れた』という噂を流しまする。御用熱心な八巻様のことでございますから、どこまでもお節を追って行かれるに相違ございませぬ」

　そして庄五郎はニヤリと笑った。

「江戸の外でならば、鉄砲が使えまする。いかな八巻様とて……」

　鉄砲を構えて引き金を引く仕種《しぐさ》をした。

「ズドンと撃たれては、ひとたまりもございますまい」

「なるほどな」

「仮に撃ち損じたとしましても、八巻様を江戸の外まで引っ張り出すことができれば御《おん》の字にございまする」

庄五郎は自信たっぷりに頷いて見せた。

生駒は話を変えた。

「して、八巻が江戸を留守にしておる間に、南町の村田を罠に嵌める策は進んでおるのか」

それを問い質すために来たらしい。

「策は整いましてございます。生駒様のほうこそ、村田銕三郎様を天竺楼に呼び出す手筈《てはず》はいかがなっておりましょうか」

「抜かりはない。わしのほうから辞を低くして『南町とは昵懇《じっこん》にしたいゆえ』と文《ふみ》を送った。村田めはまんまと引っ掛かり、宴席に出ると返事をしてまいった」

「それは重畳《ちょうじょう》にございまする。村田銕三郎様を天竺楼に引き込むことさえすれば、こっちのもの。村田様には〝人殺し〟になっていただきまする。酒に酔って、お刀を振り回し、こともあろうに酌婦《しゃくふ》を斬り捨てるのでございまする」

庄五郎は低い声を漏らして笑った。

夕刻、由利之丞と水谷弥五郎が連れ立って歩いてきた。楓川《もみじがわ》を渡って八丁堀に入った。

その後ろを執拗《しつよう》に、牛次郎が追けている。

(どうやら役宅に帰るみてぇだな)

牛次郎は由利之丞のことを八巻同心だと思い違いをしたままだ。

そんなこととは露《つゆ》知らず、二人は八巻家の戸を開けて敷地に入った。牛次郎の目には帰宅したように見えた。


「おや、由利之丞さんじゃないかね。水谷様も」

卯之吉は役宅にいた。危ないところであった。あと少し遅れていたら吉原に出掛けられていたはずだ。行き違いになるところであった。

由利之丞は浮かない顔で台所の土間に立った。

「それがさぁ若旦那。ちょっとばかり困ったことになっちまってさ……」

「どうしたんですね」

煮え切らない由利之丞の代わりに、水谷弥五郎が答えた。

「我ら二人、銭が尽きて、長屋の大家に追い立てをくらったのだ。今日より先は、寝床もなければ食う米もない」

座元にもらった銭は借金の返済で消えた。

「おやおや。それは大変ですねぇ」

話を聞いていた銀八が横から質す。

「陰間《かげま》茶屋はどうなんでげす？」

由利之丞は首を横に振る。

「稼ぎの上前《うわまえ》を納めなければ、座敷を取り上げられちまうのさ」

卯之吉は心底から同情した顔つきだ。

「江戸の町もずいぶんと景気が悪いのですねえ」

銀八は卯之吉の耳元で、

「不景気なのは由利之丞さんだけでげす」

と囁《ささや》いた。舞台には上げてもらえず、御贔屓もつかず、役者稼業で食っていけない。

水谷弥五郎は、情けなさそうに顔をしかめた。

「わしは『荒海一家を頼ろうではないか』と言ったのだが、由利之丞が承知をせぬのだ」

由利之丞は愛らしい唇を尖らせた。

「だってさ、あそこは色々と剣呑《けんのん》じゃないか。〝一宿《いっしゅく》一飯《いっぱん》の恩義〟とか言われて、喧嘩出入りの加勢なんかさせられたんじゃあたまらないよ」

「拙者《せっしゃ》が思うに、八巻氏《うじ》の手伝いをさせられるほうが、よほどに剣呑だぞ」

「オイラはあそこの一家が、どうにも性に合わないんだよ。頼むよ若旦那、しばらくの間、ここに置いておくれよ」

「いいですよ」

卯之吉は簡単に請け合った。

「それじゃあ早速に留守番をお願いします。あたしは吉原に行ってきますから。それと、ちょっとの間、美鈴様の目を惹《ひ》き付けておいてください。その隙《すき》に出て行きますから」

卯之吉は小声で頼むと、竈《かまど》の前で夕飯作りに励む美鈴の様子を窺った。

「おっ、誰か出てきやがった」

牛次郎は八巻家の枝折り戸《しおりど》を見張っている。空き家の生け垣に身を隠していた。

遊び人風の若旦那が、お供の幇間《ほうかん》を連れて出てきた。頼りない足どりで歩いて行く。

陳情か相談事があって八巻同心を訪ねた商人に違いない。いかにも金を持っていそうな身形《みなり》だ。

（くそっ、見張りを言いつけられていなかったなら、追剝を働いてくれるんだがなぁ……）

牛次郎は腕っぷしには自信がある。若旦那と幇間の二人ぐらい、拳骨二つで、のしてやることができた。

（命拾いしたなァ、若旦那さんよ）

牛次郎は心の中で皮肉を言った。

翌朝、寅三が卯之吉の役宅にやってきた。三日に一度は顔を出して、御用の筋で手伝うことはないかを確かめるのだ。

台所で掃除をしている由利之丞を見て驚いたようだ。

「なにやってんだ」

由利之丞は姉《あね》さん被《かぶ》りにしていた手拭いをとって、ウンザリという顔をした。

「見てのとおりさ兄《あに》ィ。掃除だよ。美鈴様に言いつけられてるんだ」

「旦那はどうしていなさるんだ」

「まだ寝てるよ。昨夜《ゆうべ》は夜遊び――じゃないや、夜の見回りをなさってたからね。吉原田圃《たんぼ》の辺りをさ」

荒海一家の面々の前では、卯之吉は辣腕《らつわん》同心ということにしておかなければならない。寅三は納得した顔つきだ。そして話を変えた。

「丁度いい。お前にも係わりのある話だ。与曽蔵一家の若い者から注進があった。例の女役者は江戸から逃げ出したらしい。中山道《なかせんどう》を北に向かったようだぜ」

「ふ〜ん。それならオイラもお役御免だな。座元様に伝えておくよ」

「ウチの親分にな、それで済むのかどうか旦那に訊いてこい――と言われて来たんだ」

「御法度の女役者が江戸を離れたってのなら、いいんじゃないかな？」

「女役者が御法度なのは、街道筋の宿場でもおんなじことだ」

そこへ卯之吉が、ズルズルと寝間着《ねまき》の帯をだらしなく引きずりながら起き出してきた。

「由利之丞さんも御用旅かえ。ふわぁぁぁっ」

人目も憚らず大欠伸《おおあくび》をする。

寅三は「おはようさんでござんす」と挨拶しようとして、もう午《ひる》だと思い直した。

「ようお目覚めでござんす」

「ああ、おはようさま。話は聞かせてもらったよ」

由利之丞は首を傾《かし》げた。

「『由利之丞さんも御用旅』ってのは、どういうお言葉だい？」

卯之吉は眠そうな目を擦った。

「あたしもねぇ、老中の本多様から、御用旅を言いつけられているのさ。遠出をしなくちゃならない」

「ご老中様ってのは、将軍様の次にお偉い、あの老中様かい。へぇ、たいしたもんだねぇ」

三右衛門がこの場にいたなら『さすがは旦那だ、日本一の同心様だ』と感激しまくるところである。

「どちらに御出役《ごしゅつやく》でござんすか」

寅三が質した。すぐさま三右衛門に報せなければならない。三右衛門は喜んで旅支度を整えてお供をするであろう。

「蕨《わらび》だよ。詳しく言うと蕨の近くにできた用水池だ」

中山道の最初の宿場は板橋《いたばし》で、次の宿場が蕨だ。渡世人の脚でなら、ひとっ走りして一日で往復できる距離だが、卯之吉にとっては長旅である。なにしろ隣町まで行くのに町駕籠《まちかご》を使うぐらいだ。

由利之丞は「それなら、方向は一緒だね」と言った。

「親分に報せて参りやす」

「ご苦労だねぇ。それじゃあ、本郷《ほんごう》の坂で待ち合わせることにしよう」

「心得やした。人数を揃えてお待ちしておりやす」

寅三は出て行き、卯之吉は由利之丞に目を向けた。

「由利之丞さんはどうしますね？　女役者とやらを追いかけるのかね？」

由利之丞はちょっと考えて「うん」と頷いた。

「若旦那と一緒に行くよ。『江戸の外まで追っかけてった』って言えば、座元様の心証もよくなるからね。それに……」

「それに？　なんですね」

由利之丞はチラッと、庭で働く美鈴に目を向けた。小房丸が掘り返した穴を熱心に埋めている。

「このお屋敷にいても、美鈴様にいじめられるだけだからねぇ」

「いじめられるんですかえ？」

「昨夜《ゆうべ》若旦那が吉原に行ったのはオイラのせいだ、って言うんだよ」

由利之丞が注意を惹き付けている間に卯之吉はこの屋敷を抜け出た。それが悔しくてならないらしい。

「はっはっは。由利之丞さんもご災難ですねえ」

「……誰のせいだと思ってるんだよ」

由利之丞は卯之吉に聞こえないように愚痴《ぐち》をこぼした。

第四章　川上は入間川《いるまがわ》、川下は大川《おおかわ》

一

　卯之吉がいつものようにナメクジのような足どりで北に向かい、甘味処《かんみどころ》に立ち寄るなどして水菓子を食べ、茶を喫《きっ》し、ゆるゆると腰を上げて歩きだし、途中で歩くのが嫌になって町駕籠《まちかご》を拾って本郷の坂道に到着すると、そこには荒海一家と皆川屋四郎右衛門が待っていた。

　川越の河岸《かし》の皆川屋四郎右衛門は、水門の出来を卯之吉に披露するため、蕨まで案内するのである。

「おっ、旦那のご到着でいっ」

　三右衛門が叫ぶ。一家の子分衆の十人ばかりが列を作って迎えた。さすがは江戸でそれと知られた凶暴無比の武闘派一家だ。漂わせる殺気は只事《ただごと》ではない。皆川屋は完全に震え上がっている。

そんなヤクザ者たちに迎えられて卯之吉は、春風駘蕩《しゅんぷうたいとう》（初冬なのに）を絵に描いたような笑顔で駕籠から下りた。

「やあ皆さん、お揃いですねぇ」

場違いな挨拶《あいさつ》をした。お供としてついてきた由利之丞と銀八、水谷弥五郎は微妙な表情を浮かべた。

「それじゃあ行こうか。このぶんだと、ちょうど日が暮れる頃、板橋宿に入れるね。楽しみだなあ」

板橋宿の実態は遊里である。町奉行所の支配の外にあって取り締まりが緩いのをいいことに一大歓楽街と化していた。卯之吉は早くも夜遊びに心を躍らせているらしい。

確かに卯之吉が起き出してきた時間は遅かった。陽の短い季節でもある。しかし——、水谷弥五郎は空を見上げて太陽の位置を確める。

「蕨までなら一足で行けようぞ」

日暮れ前には板橋宿を通過して悠々《ゆうゆう》と蕨の旅籠《はたご》に入ることができる。

卯之吉には世間の常識がまったく通用しないのだ。

卯之吉たち一行を、与吉と牛次郎がしつこく追《つ》けまわしている。

「おい牛次郎、あんまり近づきすぎるな。相手は武芸の達人だ。たちまち気づかれちまうぞ」

与吉が注意する。

「だけどよ、喋《しゃべ》り声がさっぱり聞き取れねぇじゃねぇか」

二人は用心して十分に距離を置いている。遥か彼方《かなた》の坂下に立つ一行が、何を言い交わしているのか、まるでわからない。これでは後で報告するときに困るのだが、命あっての物種だ。人斬り同心の八巻に斬られて死にたくはない。

牛次郎は物陰から首をチョイと出して様子を窺《うかが》う。

「集まっているのは荒海一家と、いつもの手下。それに商人が二人か」

商人の二人とは、皆川屋四郎右衛門と卯之吉のことだ。会話が聞き取れないから由利之丞の正体が役者だということがわからない。荒海一家が頭を下げている相手も、卯之吉ではなく、黒羽織の由利之丞だと思い込んだ。

そもそも、同心が町駕籠に乗って江戸の市中を移動するわけがない。駕籠に乗っていた人物が同心ですと教えられたとしても、二人は信じなかったに違いない。

一行は列を作って中山道を北に向かった。

与吉は「ようし」と頷《うなず》いた。

「俺たちが流した噂にまんまと引っかかりやがったな。八巻め、女芝居の一座を追っていくつもりだ」

牛次郎が与吉に向かって頷き返した。

「人斬り浪人を集めて待ち伏せするぜ。鉄砲名人も揃えてる。元締《もとじめ》のやりなさることに抜かりはねぇや」

二人はほくそ笑みながら、一行の後を追った。

卯之吉――だと思い込まれた由利之丞は、絶体絶命の死地に向かって歩んでいく。

板橋宿でどんちゃん騒ぎをやらかした卯之吉は、翌日の昼、ようやく蕨宿の西方、戸田《とだ》の川岸に到着した。

卯之吉は用水池の堤《つつみ》に立った。

「おおおぅ……」

なにやら感嘆しきっている。

澄んだ青空が広がっている。天高くかかる鰯雲《いわしぐも》。東には筑波山《つくばさん》が見え、北には日光《にっこう》の山並みが見えた。

視界の一面に水が広がっている。用水池と呼ばれているけれども、この大きさは湖と呼ぶに相応《ふさわ》しい。江戸者が池と聞いて連想するのは、庭の池や金魚の養殖池である。

「思っていたのとずいぶん違うねぇ」

日光颪《おろし》の風が吹いて、水面《みなも》にさざ波が立った。陽光を反射して煌《きら》めいた。

「船を浮かべて遊びたい！」

卯之吉は心の底から渇望《かつぼう》し、叫んだ。

「ああ、遊びたい！　遊びたくてたまらないよ！」

「ちょ、ちょっと待つのだ八巻氏《うじ》」

水谷弥五郎が慌てて止めた。

「その物言い、皆川屋に聞かれたらなんとする」

辣腕《らつわん》同心、人斬り同心の虚飾がはがれて、放蕩者《ほうとうもの》の本性を見抜かれてしまう。

八巻同心の評判が地に落ちる。水谷弥五郎は、堤の先にいる皆川屋のほうをチラチラと見て、聞かれていないことを確かめた。

卯之吉がまったく気をつかわない（というより気をつかわねばならない理由が理解できない）性格なので、周りが何倍も気配りをせねばならぬのだ。

幼児の世話をする母親のようである。強面《こわもて》浪人の水谷弥五郎とすれば、忸怩《じくじ》たる思いだ。

「この溜め池は舟遊びのために造ったのではないぞ。出水《でみず》から江戸を救うためのものだ」

この時期の日本の気候は小氷期である。寒冷多雨だ。洪水が起こりやすい。卯之吉も水谷弥五郎も、先年の秋の出水騒動に巻き込まれて死にそうな目に遭《あ》わされた。下流の江戸も当然、洪水災害にさらされたのだ。

人々は、川の中ほどに池を作って、増水した水を一時そこに溜めることで、洪水を未然に防ごうと試みている。

「それにしても広い池ですよねぇ。いったいいつの間に、こんなものを拵《こしら》えたんですかねぇ」

皆川屋が戻ってきた。そして答えた。

「武蔵国や下総国は、もともとが一面の広い沼地にございます。ちょっと堤を築いてやって水の出口を塞《ふさ》いでやれば、たちまちにして池ができまする。逆に言えば沼地を埋め立てて田畑や町を造ることのほうが一大事なのでございまして」

江戸時代を通じて幕府は関東平野の巨大湿原を田畑に改良することに人力を費《つい》やしてきた。

開墾《かいこん》に成功した田圃《たんぼ》からの年貢を扱って、三国屋は巨万の富を得ている。

「なるほど、なるほど。水が溢れたら大変だねぇ」

皆川屋は深刻な顔で頷いた。

「江戸で暮らす百万の人々がたちまちにして飢えまする。そうならないためにも陸奥、出羽、蝦夷からの廻米《かいまい》や産物が、滞りなく江戸に運ばれなければならないのでございます」

「ふむふむ。それじゃ、工夫の水門を見せていただくとするかねぇ」

卯之吉はニコニコしながらそう言った。

「ああ、それそれ〜。謡《うた》えや踊れ〜」

夜になった。卯之吉の声が旅籠の二階から聞こえてくる。

「やれやれ。そろそろ苦情が入る頃だよ」

由利之丞は階段を下りながら呟《つぶや》いた。

宿場の朝は早い。旅人は皆、日の出前に朝飯を食べて出立《しゅったつ》する。当然に就寝するのも早かった。いつまでも浮かれ騒いでいると文句を言われる。

由利之丞は雪隠《せっちん》で小便をした。雪隠は裏庭にポツンと建っている。田舎の宿場町なので、庭は裏の畑に通じていた。

手水《ちょうず》で手を洗って帯を締め直していると、

「もぅし、八巻ノ旦那でございますね」

急に声を掛けられた。びっくりして目を凝らすと、闇の中に一人の男が屈《かが》み込んでいた。

普通の神経の持ち主なら怖いと感じる場面であるが、由利之丞は無類のお調子者である。しかも売れない役者であって、他人から称賛されたいと、いつでも渇望している。つい、芝居に入ってしまった。

「おう。いかにもオイラが江戸で評判の八巻だが、お前《め》ぇはいってぇ何者《なにもん》だい」

三文《さんもん》芝居の台詞《せりふ》じみた物言いをして見得《みえ》を切った。

闇の中で男が「へい」と答えて、恐れ入った様子で首を竦《すく》めた。由利之丞はますます気分が良くなってきた。

「こんな所でこの八巻を呼び止めるたぁどういう子細があってのことだ。さては悪党退治を頼もうってぇ魂胆《こんたん》か？」

「あっしは、この近在の道案内でござんす」

道案内とは、公領を巡回する役人の手先となって現地で働く者のことだ。江戸の岡っ引きに相当する。

「八巻ノ旦那は、江戸を騒がす女役者を追って御出役《ごしゅつやく》なすったってぇ、耳にいたしやした」

「いかにもだぜ」

「それでご注進に参《め》ぇりやした」

由利之丞はここで内心（しめしめ）と思った。

由利之丞は、蕨宿の宿場役人や賭場を仕切る俠客《きょうかく》たちに『女役者を舞台に上げる一座を見つけて報《しら》せてくれるように』と頼んでおいたのだ。

ずいぶんと早くに報せが届いた。さすがに八巻同心の名を騙《かた》っただけのことはある。

（とっちめに行かなくちゃな）

しかし、と思い直した。もう日も暮れている。旅の疲れで足腰がだるい。それにである。水谷弥五郎や寅三とも相談をしなくちゃならない。

「それじゃあ、明日の朝、迎えに来《き》ねぇ」

「明日、ですかい？」

「急ぐことはねぇや。女の足じゃあ、逃げたとしてもたかが知れてる。オイラも今夜はゆっくり寝たい――この八巻が乗り出したからには、女狐《めぎつね》一匹、取り逃がすはずもねぇのよ。それじゃあ、また明日」

由利之丞は欠伸《あくび》をしながら男に背を向けた。

男は旅籠の裏庭を抜け出して街道に戻った。地蔵の祠《ほこら》の陰で与吉が待っていた。

「どうだったい？」

男――牛次郎は首を横に振った。

「明日の朝、出直してこいって言われたよ」

「なんだと？」

与吉は目を剝《む》いた。

「八巻は捕り物となったら、脇目もふらずに突っ込んでくるんじゃなかったのかい。殺し屋を大勢集めてあるんだぜ？　出てきてくれなくちゃ困るじゃねぇか」

今夜が八巻同心の最期となるはずだった。そのつもりで準備万端整えてあったのに的を外されてしまった。

「まさか……俺たちの企《たくら》み、見抜かれてるんじゃねぇだろうな……？」

二人は不安にかられて闇の中で震え上がった。

二

「あたしは船で江戸に帰りますよ。本多出雲守様にご報告申し上げなくちゃいけないからね」

翌朝。卯之吉が旅籠の前の道に出てきて、そう言った。

昨夜は宴会を途中で切り上げなければならなくなった。卯之吉としては憤懣《ふんまん》やる方ない思いである。

「あたしはやっぱり江戸の水がいちばん合うよ。早く江戸に帰りたい」

歩くのも億劫《おっくう》になって、戸田の河岸から船で隅田川を下ることにしたのである。

（若旦那は本当に身勝手な人だなあ）

由利之丞は呆《あき》れた。どうしてこんな性根《しょうね》の人物を、皆でよってたかって辣腕同心だと誤解しているのか。まったく不思議だ。

三右衛門はいつものように早合点の勘違いをして、

「まったくでさぁ！　江戸の町人がこぞって旦那のお戻りをお待ちしておりやすぜ」

などと言い出して、由利之丞をますます呆れさせた。

卯之吉と皆川屋四郎右衛門と荒海一家は戸田の河岸を目指して出立《しゅったつ》した。蕨の宿場には由利之丞と水谷弥五郎だけが残された。

水谷は由利之丞を横目で見た。

「お前は帰らぬのか」

「うん。女役者をとっちめる役目が終わってない」

「お前がこうまで座元の言いつけに従順だとは思わなかったな」

由利之丞は唇を尖《とが》らせた。

「ここまで来て、手ぶらで帰るなんて馬鹿みたいじゃないか」

「なにを企んでおるのだ」

「女役者の一座を見つけ出して『南町の八巻の詮議《せんぎ》だ』って脅してやれば『なにとぞお目溢《めこぼ》しを』って言って、銭を差し出してくるのに違いないのさ」

「おいおい、その金を懐《ふところ》に入れようというのか。それは酷《ひど》い」

「御法度《ごはっと》に触れた芝居を打って、したたま儲《もう》けたのはあっちだぜ。オイラたち芝居者にとっちゃあ許せることじゃない。当然の折檻《せっかん》だよ」

「だからと申して、お前が銭を取って良いという話にはなるまい」

「ちゃんと座元様に届けるよ。……まぁ、全部じゃないけどね。手間賃ぐらい頂戴《ちょうだい》したって罰《ばち》は当たらないだろう？」

水谷弥五郎は返す言葉もない。

しかし、銭がなくて困っていることでは、水谷も一緒だ。

「その道案内は、どこにおるのだ」

「遅いよね」

二人は街道の真ん中で立ち尽くし、道案内を名乗った男が現れるのを待った。

卯之吉たちの一行は戸田の河岸に到着した。

戸田は隅田川の上流に位置しているが、この近辺では入間川と呼ばれている。

浅草の辺りで浅草川と名を変える。

対岸の下総国の人々は同じ川を隅田川と呼んでいる。さらに下流に南下すると大川と名を変える。

ともあれ川の流れはひとつだ。船に乗れば江戸に到達できる。

河岸は石積みで護岸《ごがん》がされていた。帆をかけた高瀬舟《たかせぶね》が川を遡《さかのぼ》っていく。川越、狭山《さやま》、入間と江戸の間を舟運《しゅううん》で繋《つな》いでいる。

皆川屋四郎右衛門は河岸問屋《といや》に向かおうとした。

「乗合《のりあい》を掛け合って参りまする」

川を行く舟は、基本的に荷船である。人を乗せて運ぶことを専門としている舟はない。船内に空きのある舟を見つけて乗船を交渉し、乗せてもらう。これを乗合舟といった。

問屋の建物に向かおうとする皆川屋を卯之吉は呼び止めた。

「それには及ばないよ。迎えの船を頼んであるのさ」

一家の子分を江戸に走らせて、馴染《なじ》みの船宿に船を仕立てさせたのだ。

「ああ、来た来た」

卯之吉は川下に目を向けて微笑《ほほえ》んだ。

釣られて目を向けた一同は、口をアングリと大きく開けた。

巨大な屋形船が遡上《そじょう》してくる。

屋根の上に乗った水主《かこ》たちが長い棹《さお》を差して船を押す。それだけでは川を遡ることができずに、二艘の小舟が綱で巨船を引いている。小舟は白い帆を上げて、さらには何人もの水主が櫂《かい》を漕いでいた。

船には芸者衆が乗っていた。鳴り物入りで三味線を奏《かな》でている。賑々《にぎにぎ》しくも華やかだ。さらには美しく着飾った遊女たちが、華麗な舞いを披露していた。

皆川屋は茫然《ぼうぜん》としている。

「な、なんなのでございましょうか、あれは……」

「ご覧になればおわかりでしょうに。さぁ、これから舟遊びですよ」

卯之吉は心が弾むのを押さえきれずに身をクネクネとさせ始めた。

「蕨の宿場では、宴《うたげ》を張ることができませんでしたからねぇ」

「や、八巻様？」

皆川屋は卯之吉のことを〝南北町奉行所一の辣腕同心〟だと思い込まされている。放蕩者の若旦那だとは思っていない。

いったいこの同心様は何を言い出したのだ、どんな魂胆を秘めているのだ、と混乱した。考えれば考えるほど、わからない。

「な、なんのために、舟遊びをなされるのでございましょう」

卯之吉は真っ白な歯を見せて笑った。

「なんのためにって、遊びは遊びでございましょう。他に意味なんかございませんよ」

そのとき船上で一人の男が扇子《せんす》を振り上げた。

「おーい、八巻！」

上機嫌に酔っ払っている。卯之吉も手を振り返した。それから皆川屋に顔を向けた。

「本多出雲守様ですよ」

皆川屋は「げえっ……」と、ガマガエルを潰したような声を漏らした。

「ご、ご老中様！」

「出雲守様も、こうした遊びがたいそうお好きでございますからねぇ」

卯之吉が舟遊びに誘って、出雲守が、ほいほいと話にのってきたのだ。

しかしまさか、筆頭老中と町方同心が放蕩仲間だとは思わない。これは接待なのだと皆川屋は考えた。

「な、なるほど。ご老中様のお力で、これほどの屋形船を仕立てたのでございますな」

町奉行所の同心が、自分の楽しみのために小遣い銭で屋形船を仕立てた、などとは、絶対に考えないわけである。

「ささ、参りましょう、乗り込みましょう」

卯之吉は桟橋《さんばし》へと急ぐ。お囃子《はやし》を耳にして浮かれきっている。

屋形船はその巨体を戸田の河岸に着けた。河岸で働く者たちもまた、大口を開けて見守っている。

大川の屋形船が戸田まで遡上してくるとは。空前絶後の大事件であったに違いない。

三

夕陽が西に沈もうとしている——。

「こちらでございます」

料理茶屋の女将《おかみ》が先に立って案内する。母屋の横の庭を通って奥に進み、高い塀の門を開けた。

開かれた門扉《もんぴ》の間から風が吹きつけてきた。その風は潮の香りを含んでいた。

ここは深川の中ノ郷。大川東岸の川べりだ。店の名は天竺楼であった。

大川には満潮の際に海の水が流れ込んでくる。潮の匂いはそのせいだろう。大川ほどの大河となると、水はゆったりと音もなく流れる。せせらぎは聞こえなかった。

「こちらの離れは、大事なお客様だけをお通しするのでございます」

女将が作り笑顔で、どこか恩着せがましく言う。

幕府の重職、御用商人、大名家の江戸留守居役などが会合するのに使われるのだ。

村田は南町奉行所の筆頭同心。とはいえども三十俵二人扶持《ぶち》の小身者《しょうしんもの》。本来ならば料理茶屋で飲み食いできる身分ではない。金もない。

「南町のお役人様方は、札差《ふださし》の三国屋様とたいそうお親しいと伺《うかが》いました」

女将が言う。村田は、

(町人たちの目には、そう映ってるのか)

と考えた。確かに三国屋の主、徳右衛門からの賂《まいない》が頻繁《ひんぱん》に届けられる。

江戸の商人が町奉行所に挨拶を寄越すのは当然のことではあるのだが、しかし三国屋は、北町奉行所に対してはさほど熱心に賂を贈らない。そんなことから三国屋は南町と懇意《こんい》――というふうに理解されているのであろう。

（そう言われてみれば……なんだって三国屋は、急に南への愛想が良くなったんだろうな）

理由は〝卯之吉が同心になったから〟なのだが、さすがの村田も、三国屋徳右衛門と卯之吉の関係については、嗅《か》ぎつけることができずにいる。

女将は、さも得意げな顔をした。

「三国屋の若旦那様も、手前どもの店には、よく足をお運び下さいまする」

三国屋には途方もない放蕩息子がいて、店の金を蕩尽《とうじん》している。そういう噂は村田も耳にしていた。『あの放蕩者が店を継いだなら、三国屋ほどの大店《おおだな》でさえ一年も持たずに潰れるだろう』と、噂されていた。

（そんなろくでなしが贔屓《ひいき》にしているからって、なんだってんだ）

村田は怒りやすい。女将の態度や口調がいちいち鼻につく。腹の中で毒づいていると、心中を読んだわけでもあるまいが女将が、

「三国屋の若旦那様は、江戸一番の美食家でいらっしゃいますよ」

と言った。

味にうるさい男が通ってくるのは、料理茶屋にとっては名誉に違いない。村田にとってはどうでもいい。

女将は庭に入った。離れ座敷には豪勢な庭が併設されてあった。

まず第一に広い。二十間四方はありそうだ（京間《きょうま》の二十間の長さは約四十メートル）。

「ご大層《たいそう》な贅沢《ぜいたく》をしてやがるぜ」

村田は小声で呟く。

町人の過剰な贅沢を咎《とが》めるのも、町方同心の仕事なのだが、幕府の重職が御用達《ごようたし》にしている料理茶屋を咎めたら命にかかわる。

それにここは大川の東岸だ。かつてこの地は江戸ではなかった。今でも周辺には農地や荒野が広がっている。豪商の寮（別荘）なども建てられている。

江戸の市中は幕府の法度《はっと》と武士の徳目《とくもく》で雁字搦《がんじがら》めにされて、なにかと息苦しい。金持ちたちは江戸を離れて、舟で大川を渡って遊びに行く。川の対岸であれば、ちょっとやそっと騒いだところで文句は言われない。

庭にはいくつも池が作られてあった。築山《つきやま》が島を模している。粋のわかる人物が見れば結構な造作の庭なのであろうが、生憎《あいにく》と村田は石頭の同心だ。庭を愛《め》でる心根などは一切なかった。

村田は同心の目で庭を見た。

元々が本所深川の一帯は湿地である。庭の池は天然の沼をそのまま残したものに違いない。曲者《くせもの》がやって来たならビチャビチャと湿った足音が立つ。離れで悪事を働いて逃げたなら、足跡が克明に残される。

（なるほど、ここならお偉方も安心して遊べるってわけだ）

曲者が近づけない、逃げられない。

ここで殺しがあったなら、下手人《げしゅにん》は料亭内にいた何者かだと特定される。逃げた足跡がないのであれば、下手人は料亭内に潜《ひそ》んでいると断定できる。

（まったく詮議のしやすい場所だぜ）

まさか、その特徴を悪用されて、自分が人殺しの罪を冤《かぶ》せられようとしているとは知らずに、村田は足を進めた。

湿った庭の上には渡り廊下が架けられてあった。庭に架かった天空の橋といった風情《ふぜい》だ。

橋のたもとに店の法被《はっぴ》を着けた番頭が控えていた。笑顔で低頭を寄越してくる。

「御用がおありの際には、いつでもお声をお掛けください」

村田は、(この番頭、離れに誰も近づかねえように見張ってやがるんだな)と理解した。

渡り廊下は途中で二股に分かれていた。片方の道は離れの建物に延びている。もう片方は、庭に建つ塔に向かって延びていた。

三階建ての物見櫓《ものみやぐら》だ。

二階の窓から女の顔が覗《のぞ》いた。村田が見上げると艶然《えんぜん》と微笑んだ。美女に微笑みかけられたからといって、鼻の下を伸ばす村田ではない。

「誰でぃ?」

女将に質《ただ》すと、女将は仮面のような作り笑顔で答える。

「辰巳《たつみ》芸者の豆吉《まめきち》でございます。龍涎堂様がお呼びなさいました」

「龍涎堂がな……」

上郷備前守に近しい大坂の豪商だと聞いている。ここの支払いは龍涎堂が持つらしい。

「なんだって、あんな高い所に入っていやがる」

「それは……」

女将はニヤリと品なく笑う。

「あの櫓は〝離れの離れ〟でございますもの」

布団でも敷いてあるのだろうか。村田にとってはどうでもいい話だ。

女将と村田は離れ座敷に通じる渡り廊下を進んだ。

入り口の前で一人の商人が待っていた。袖無《そでな》しの羽織にかるさん袴。式台の上で正座して、蕩《とろ》けるような笑みを浮かべていた。これで頭巾《ずきん》を被《かぶ》っていたなら大黒様そのものだ。

「南町奉行所の村田様でございますな。お初に御目《おめ》もじ叶《かな》いまする」

「そう言うお前さんは何者でぃ」

「手前は大坂の商人、龍涎堂治右衛門と申しまする。北町の生駒様より取り持ちを申しつけられました。なにとぞお見知り置きを願いまする」

上方訛《かみがたなま》りの江戸言葉で挨拶した。

村田は冷たい目を向ける。

「北のお奉行様は、つい先だってまで大坂の町奉行様だった御方だ。あんたは腰《こし》巾着《ぎんちゃく》みてぇにくっついてきて、今度はこの江戸で、御用商人を務めようってのかい」

あけすけな物言いだ。龍涎堂は懐紙《かいし》を取り出して、道化《どうけ》の仕種《しぐさ》で額の汗を拭くふりをした。

「そうなれば、なによりの話やと思ぅとりまする」

政治と商いがくっついているのは当たり前だ、と思っているようだ。

「南町のお役人様がたとも、是非とも懇意にさせていただきたいと思ぅとったところでございます……。こちらから生駒様にご同席をお願いしたような塩梅《あんばい》でございましてな」

先ほどの女将が、台所口から離れに上がって、玄関に姿を現した。式台の上に両膝を揃えて両手を差し出す。

「お腰の物をお預かりいたします」

村田は腰の刀を鞘《さや》ごと抜いた。片手で握って女将に突き出す。

武士が他家を訪れた際には、刀をいったん家の者に預けるのがしきたりだ。今日の宴席では、生駒が〝亭主〟で村田が〝客〟に見立てられている。

龍涎堂がいっそうの愛想笑いを浮かべて低頭した。

「村田様、どうぞお上がりくださいまし」

村田は「うむ」と答えて雪駄《せった》を脱いで式台に上がった。

無腰の村田は龍涎堂の先導で座敷に向かう。座敷には北町奉行所の内与力、生駒十郎兵衛が待っていた。

女将は村田の刀を抱えて母屋《おもや》の台所に戻る。刀は台所の脇の刀掛けにいったん置いた。村田の刀の他に生駒の刀もあった。

「南町の同心様がお着きになったよ。みんな、粗相《そそう》があってはならないよ！」

台所では板前と仲居たちが大勢働いている。「へーい」と皆で答えた。

料理の用意が進められている。まな板の上では大きな鯉《こい》が、今にも捌《さば》かれようとしていた。

台所の横には小部屋があった。

客のお付きの小者《こもの》たちが、主人の宴が終わるまでここで待つ。

村田は小者を連れてこなかったが、生駒は中間《ちゅうげん》を連れてきた。出された茶にも手をつけずに黙然《もくねん》と座っていたが、ふいに立ち上がると刀掛けに向かった。

架かっていた刀を手に取る。主人の刀を預かろうという姿に見えた。少なくとも、台所にいた者たちは誰一人としてその行動を怪しまなかった。

だがしかし、中間が手に取ったのは、主人の刀ではなく、村田の刀であったのだ。

　中間は刀を抱えて裏口から出た。番頭が渡り廊下を見張っていた。このままでは通れない。

　そこへ龍涎堂が微笑みながらやって来た。番頭に声を掛ける。

「番頭さん、生駒様があんたに〝お声を掛けたい〟と言っていなさるよ」

　お声を掛けたいとは言い様で、座敷まで挨拶に来い、と命じているわけだ。

「へい、ただ今」

　番頭は龍涎堂に連れられて離れ座敷に入る。龍涎堂はチラリと庭の植え込みに目を向けた。そこでは中間が隙《すき》を窺っていた。

　龍涎堂が渡り廊下から番頭を連れ出したので、見咎められずに行き来が可能となった。

　中間は三階櫓に向かう。『望江台《ぼうこうだい》』と扁額《へんがく》の掛けられた櫓の中に入ると、身軽な足どりで階段を上がった。

「よろしいですかい。刀を届けに参《め》ぇりやしたんですがね」

　階段の途中で足を止めて上の階に向かって確かめる。

「いいよ。入ってきな」

女の声がした。中間は二階に上がる。二階座敷の障子は、閉められていた。

「御免なすって」

障子を開けて、中間はギョッとなった。

座敷の中に裸の女が立っていた。白首《しろくび》——顔と首、胸と背中を白粉《おしろい》で真っ白に塗っている。

そしてもう一人、肌襦袢《はだじゅばん》一枚の女が鏡台《きようだい》の前で死んでいた。首筋を刃物で切られたようだ。血が座敷の壁に盛大に飛び散っていた。畳にも血が広がっている。

「あ、姐《ねえ》さん……」

中間が声を漏らすと、全裸の女は振り返って笑った。お節であった。

「何を驚いてるんだい。刀をお寄越し」

「へ、へいッ」

中間は震える声で刀を差し出す。お節は受け取ってから確かめた。

「確かに村田の刀だろうね？　もしも間違っていたりしたら、大変なことになるからね」

「間違いなく、南町の村田の腰の物でさぁ……」

お節は「よし」と言って鞘を払った。刀の切っ先を無造作に死んだ女の胸に突き刺して、血脂《ちあぶら》を刀身につけた。それから刀を鞘に戻す。血と脂で濡れた刀はパチリとは納まらない。ヌゥーッと押し込んだ。

「素知《そし》らぬ顔で台所にお戻し。あたしはこれから座敷に乗り込むからね」

「へ、へい……！」

中間は刀を受け取ると急いで戻る。

お節は隣の座敷に移った。壁際の衣紋掛《えもんか》けには殺された女が着ていた着物が掛けてあった。

お節が全裸であったのは、着物を血で汚さないためであったのだ。お節は自らが殺した女の着物をつけると、帯をきつく締めた。

四

仲居の手で料理の膳が運ばれてくる。差配をしていた女将が静々と入ってきて、刀を村田の背後に置いた。

預かった刀は、宴の中程で、持ち主に返す。〝あなたには敵意がないと見定めました〟ということを示している。鎌倉《かまくら》時代から続く武家屋敷での習わしだ。

ちなみに、敵意があると見た相手の刀は、相手が屋敷を出るまで返さない。このような風習が料理茶屋にも残っている。やはり江戸は武士の都。将軍の城下町なのだ。

女将が出て行った。村田はふと、首を傾《かし》げた。

「血腥《ちなまぐさ》臭い……」

鼻がヒクッと動く。村田銕三郎に悪党どもが奉《たてまつ》った綽名《あだな》は〝南町の猟犬〟だ。まこと悪事に鼻が利く。

龍涎堂が作り笑顔に脂汗《あぶらあせ》を滲《にじ》ませながら手を振った。

「鯉こくの匂いでございます！　淀川《よどがわ》の鯉を、稚魚《ちぎょ》のうちに江戸に運びましたんでございます。生《い》け簀《す》で大きゅう育てたのを捌きましたのや！　淀の鯉いうたら、日本一の鯉の産地でございまっせ！　室町《むろまち》の御世《みよ》で管領《かんれい》様だった細川勝元《ほそかわかつもと》様も『鯉なら淀が一番や』と、美食日記に書き残してはるぐらいですわ！」

村田は「ふ〜ん」と気のない返事をした。美食には関心がないし、歴史のことにも詳しくない。

ともあれ、血臭に関しては、納得した様子であった。

龍涎堂は村田には見えないところで大きく息をついた。そして恐々《こわごわ》と村田の背後の刀に目を向けた。

刀には血がつけられているはずだ。目論見《もくろみ》どおりに話が進んでいるのであれば。

生駒はふてぶてしい顔つきでどっしりと座っている。悪事には慣れているのであろうか。


「いよっ、豆吉姐さん、待っとったでぇ！」

龍涎堂が両手を叩いて喜んでいる——ふりをした。

お節は敷居の前で三つ指をついて低頭した。

「辰巳芸者の豆吉でござんす。本日はお招きに与《あずか》り、ありがとうさんでござんす」

深川の辰巳芸者は男言葉で喋る。そこが粋で鯔背《いなせ》だと評判だ。

豆吉は顔を上げると座敷の中の客を素早く見回して、艶然と笑った。豆吉こそがお節であったのだが、もちろん村田銕三郎は何も知らない。

「ささ、こちらへこちらへ」

龍涎堂が立ち上がり、敷居まで寄ってお節の手を取った。手を引いて座敷の中に導き入れて、村田の横に侍《はべ》らせる。

村田は眉間《みけん》に皺《しわ》を寄せた。

南町の筆頭同心の関心は悪党を捕縛することだけに向けられている。悪党の尻《しり》ならば執拗《しつよう》に追いかけるけれども、女の尻を追いかける趣味はない。美女の色香など〝捕り物の勘を鈍らせる障《さわ》り〟でしかないのだ。

もしもここに卯之吉がいたならば、ヘラヘラと笑いながら「村田さんも変わったお人ですねぇ」と揶揄《やゆ》したに違いない。まったくもって、村田銕三郎も大いに変わっている。

とはいえ卯之吉に変わった奴《やつ》と言われる筋合いはない。村田は真面目《まじめ》で切れ者の同心なのだ。

「さあどうぞ」

お節が銚釐《ちろり》の口を向けてきた。村田は不機嫌そうに首を横に振る。

「オイラに酌《しゃく》はいらねぇ。あちらの旦那のお相手をしろぃ」

生駒の横につくように促した。お節は拗《す》ねたような顔で微笑んだ。

「まぁ、なんて骨の固い、だ、ん、な」

普通の男なら思わずニヤけてしまうであろうが、やはり村田はニコリともしない。逆に額に青筋が立ってきた。

「遠慮はいらぬぞ」

生駒が言った。

「今宵はそのほうが客じゃ。わしはそのほうの人格見識を、町奉行所の先達《せんだつ》として敬服しておる。かまわぬ。酌を受けよ」

生駒に言われて仕方なく村田は杯を差し出した。お節がニッコリと首を傾けて村田の顔を覗き込みながら酒を注ぐ。村田はいっぱいに満たされた杯を呷《あお》った。

屋形船は川をゆったりと下っている。船上での遊びが目的なので急ぐ必要はない。いつしか入間川から隅田川（浅草川）の流域へと入った。

「暗くなってきたでげす」

銀八が灯籠《とうろう》の用意をする。先ほどまでは赤羽《あかばね》の台地にかかる夕陽が見事であった。その陽も没して、空は群青色《ぐんじょういろ》に変じていた。

船上での宴は最高潮である。ちなみに荒海一家は戸田の河岸で置いてきぼりにされた。三右衛門が老中と同船することを遠慮したのだ。

屋形船の屋根の軒先に、火の入った灯籠がズラリと並べられていく。灯籠には薄桃色の紙が張られてあった。船上が桃源郷《とうげんきょう》もかくやと思わせる光で包まれる。大川の水面でも光がさざめいていた。

本多出雲守は大喜びだ。

「いよいよ趣向も極まってまいったな！　余は満足であるぞ！」

突き出た腹を揺らして呵々大笑《かかたいしょう》した。

卯之吉は、周囲の人が喜んでいると自分も嬉しい。ますます浮かれて騒いでいる。

「宴はこれからでございますよ、派手に参りましょう！　そぅれ」

三味線弾きに合図して、いっそう楽しい曲を奏でさせ、自らクルクルと踊りだした。

皆川屋は唖然茫然《あぜんぼうぜん》としている。

「や、八巻様は……、捕り物上手なだけでなく、お取り持ちも上手にございますな……」

とてものこと〝江戸で五指に数えられる剣豪〟には見えない。

「それそれ〜、謡えや踊れ〜！」

「暗くなってきたぞ」

水谷弥五郎が空を見上げた。夕陽は西に沈もうとしている。関東平野は広大だ。陽が沈む際、秩父《ちちぶ》の山影が浮かび上がった。富士の影らしきものも見えた。

「おい、道案内。女役者の一座は、どこにおるのだ」

水谷はあたりを見回した。

「……元の場所に戻ってはおらぬか？　ここは蕨の近くだぞ」

道案内を名乗った男——実は牛次郎——は「へい」と答えて首を竦めた。

「確かに、蕨宿の近くに戻ってめぇりやした」

「なんだって」

声を尖《とが》らせたのは由利之丞だ。

「半日、引っ張り回された挙げ句に、元の場所に戻ってきたってのかい！」

「へい左様《さよう》で。女役者が、八巻ノ旦那に追われてるって気づいたらしいんで。あっちこっち逃げ回っておりやす」

由利之丞は葦《あし》の枯れ草をかき分けた。広大な溜め池がそこにあった。足元は湿地だ。ジクジクと冷たい水が滲《し》みてくる。草鞋《わらじば》履きの足指の間を濡らして気分が悪い。

「オイラはもう疲れたよ……」

由利之丞は顔をしかめた。小声で愚痴《ぐち》をこぼす。水谷弥五郎が窘《たしな》めた。

「しっかりしろ。お前は南町の同心ということになっておるのだぞ。愚痴など聞かれようものなら、八巻氏の評判に傷がつく」

「若旦那はオイラよりももっと意気地《いくじ》なしじゃないか。なにが南北町奉行所一の辣腕同心だよ。やってられないよ」

「八巻氏の名を騙ったのはお前であろう。最後まで芝居をやり抜かんか」

「やれやれだなぁ」

二人がコソコソと囁《ささや》きあっていた時、枯れ草をかき分けて一人の男が走ってきた。道案内の手下を名乗り、今日、何度も顔を見せた。

男の正体は与吉である。もちろん由利之丞たちはその素性を知らない。女役者の居場所を突き止めるために放たれた者だと思い込まされていた。

道案内と男は何事か囁きあい、次には頷きあった。男は走り去る。葦の葉陰に姿を消した。

道案内が笑顔を向けてきた。

「とうとう居場所を突き止めやしたぜ。この先の村に潜んでいやがりやした。早速、乗り込みやしょう」

　道案内が進んでいく。

「やれやれだ」

　由利之丞も歩きだす。

「やれやれだ、ではあるまい。いよいよだ、であろうが」

「半日無駄足を踏まされたんだ。百文や二百文じゃあ割に合わない。きつくとっちめて、有り金を全部、差し出させてやらなくちゃな」

　周囲はますます暗くなってきた。道案内が屈み込んだ。なにをしているのかと思ったら、腰に下げていた頭陀袋《ずだぶくろ》を広げていた。

　提灯《ちょうちん》を取り出し、蠟燭《ろうそく》に火をつける。火種は懐炉《かいろ》に入っていた。

「足元が悪いんで、どうぞお持ちを」

　提灯を由利之丞に持たせる。

　彼方に百姓家の明かりが見えた。この周囲だけ湿地が開墾されて田畑になっている。

「あの家に潜んでるって話なんで。あっしが行って確かめてめぇりやす。ちっとの間、ここでお待ちを」

道案内は走り去った。

風が吹いてきた。秋も深まっている。日が暮れると風が冷たい。由利之丞は提灯を手にしたまま腕を胸の前で交差させて、ブルルッと震えた。

ふと、水谷弥五郎が顔を近づけてきた。提灯を上から覗き込み、なぜだか臭いを嗅いだ。

「何してるんだい、弥五さん」

水谷は答えず、無言で周囲の闇を睨《にら》みつけた。

五

「首尾《しゅび》良くいったぜ」

牛次郎が与吉の許に駆け込んできた。

葦の草むらの中には、与吉の他にも五人の男が潜んでいた。二人が鉄砲を抱えている。

この鉄砲撃ちたちは新富町の元締、轡屋庄五郎が雇った殺し屋だった。普段の生業《なりわい》は猟師だが、人を撃つことをも厭《いと》わぬ悪党たちだ。

火縄には火がつけられ、弾薬も装塡《そうてん》されて、いつでも発砲できる。

「言われたとおりに、八巻に提灯を持たせてきた」

彼方に提灯の火が見える。

与吉は鉄砲撃ちに命じる。

「もうちょっと近づいてから撃て。万が一にも外さねぇようにな」

雇われた五人の悪党のうちの、残りの三人は人斬りを稼業とする剣客浪人だ。

「先生方には、とどめの一刺《ひとさ》しを願いやすぜ」

「承知した」

浪人の一人が答える。浪人たちは身を低くして草むらの中に踏み込んでいく。

鉄砲撃ちの二人と与吉、牛次郎は、提灯を目掛けて進んだ。夕闇が濃くなってきたが、人影がふたつ、はっきりと見えた。

「オラが提灯を下げているほうを撃つだ。お前はもう一人を狙うがいいだ」

鉄砲撃ち二人は自分が撃ち殺す相手を決めると、銃を構えて狙いをつけた。

引き金を引く。火縄がガチンと打ち下ろされて、火皿の火薬に火がついた。

ボンッと炎が上がった、その直後、銃身内の火薬が爆発した。

ふたつの銃声が荒野に轟《とどろ》く。提灯を持った人影と、もうひとつの影が同時に倒れた。

「やった！」

牛次郎は飛び跳ねて喜ぶ。

鉄砲撃ちはニヤリと笑った。

「確かに当たっただぞ。この間合いなら外しっこねぇんだ」

自分たちの腕に絶対の自信を覗かせている。

「先生方ッ、とどめを頼んます！」

与吉が叫んだ。闇の中で「おう！」と答える声がした。浪人の三人が藪《やぶ》の中から走り出た。

与吉と牛次郎も駆けつける。八巻に渡した提灯は地に落ちている。蠟燭の火が胴の紙に燃え移って、明るい炎をあげた。

真っ先に駆けつけた浪人が「ううっ？」と唸《うな》った。

「どうしやした！」

与吉が駆け寄る。そして同じように唸った。

「か、案山子《かかし》ッ？」

田圃《たんぼ》の案山子がふたつ、倒れていたのだ。その胸元で提灯が燃えていた。

「八巻めッ、案山子に提灯を持たせて——」

「ぎゃッ」

悲鳴が上った。与吉と牛次郎は驚いて目を向ける。浪人の一人が身を仰《の》け反《ぞ》らせている。刀を抜こうとしていたが、力尽きて倒れた。

「八巻だッ」

牛次郎は叫んだ。この闇の中に八巻がいる！　たちまちにして浪人の一人が倒された。

「くそっ、どこだ！」

牛次郎は闇に目を凝らした。提灯の炎に目を向けていたせいで、緑色の残像が視界いっぱいに広がり、何も見えない。

闇の中でキンッと金属音が響く。荒々しく足を踏み替える音もした。雇った浪人と八巻が斬り結んでいるらしい。

何も見えないというのは恐ろしい。牛次郎と与吉は身を低くして逃げた。提灯の炎が燃え尽きて、周囲は闇に包まれた。

与吉は叫んだ。

「鉄砲撃ちッ、撃ってくれッ」

闇の中で泥水を踏んで走る音がする。四方八方で誰かが走り回っている。どれが味方の足音で、どれが八巻たちの足音なのか、わからない。

「クソッ、なんで、こんなことになっちまったんだよ！」

牛次郎は悲鳴を上げながら、懐の匕首《あいくち》を抜いた。


由利之丞は草むらの中を走った。

水谷弥五郎の指図で提灯は案山子の懐に差した。その後、ふたりで身を低くした。そうしたら銃声が鳴り響いて、案山子がふたつ撃ち倒された。

水谷は風に乗って流れてきた火縄の煙の臭いを嗅ぎ取っていたのだ。

由利之丞は危うく命拾いをした。けれども仰天《ぎょうてん》した。「ヒイッ」と叫んで腰を抜かした。

逃げろと水谷弥五郎が由利之丞の肩を押した。それがきっかけで、由利之丞は脇目もふらずに走り出したのだ。

北に向かっているのか、南なのか、方角もまったくわからない。陽はすでに沈んでいる。土地勘もない。

バーンと発砲音がした。目の前の地面が弾けて、泥が飛び散った。

「ひいっ」

由利之丞はまたしても腰を抜かした。闇の中から鉄砲で狙われている。

急いで藪の中に身を隠す。耳を澄まして気配を探るが、周囲は藪と葦原だ。風が吹くたびにザワザワと音がして、人の気配をかき消してしまう。

「弥五さん助けて……」

由利之丞は小声で助けを呼んだが、水谷からの返事はない。

由利之丞は足を滑らせて低地に落ちる。ジャボッと大きな水音が立った。

(しまった……!)

踝《くるぶし》まで泥に浸かっている。

怪しい気配が近づいてきた。今の音で敵に居場所を気づかれてしまったらしい。

由利之丞の全身の毛穴が開いた。ゾクッと寒けが走った。


「ぬうッ!」

水谷弥五郎は浪人と斬り結んでいる。鋭く突きつけられた切っ先を打ち払い、臆さず踏み込んで、こちらからも斬り返す。相手もさるもの、刀身を巻きつけるようにして受け止めた。刃と刃が削れ合って火花を散らした。

「どりゃあっ！」

鍔迫《つばぜ》り合《あ》いとなったところを、弥五郎は前蹴りを喰らわせた。敵を蹴ることで距離を取る。敵の体勢がよろけた。今だ――とばかりに斬りかかろうとしたところ、草鞋の裏が泥で滑って体勢を崩した。

溜め池の縁《ふち》だ。足場が悪い。傾斜に足を取られたが最後、泥の中まで転がり落ちてしまう。

浪人が突きを繰り出してきた。向こうも足場が悪い。思い切って踏みこんで斬りつけることができない。切っ先だけでチョコチョコと突きを繰り返す戦い方となる。

弥五郎も慎重に腰を落とし、相手の細かい突きを打ち払った。

これではいつまで経っても決着がつかない。

(由利之丞は、どうなったのだ)

水谷は焦る。敵の姿は確かに五、六人はあった。一人は斬り倒したが、残りは闇の中を走り回っている。

由利之丞では人斬り浪人に太刀打ちできない。しかも、鉄砲を持った者までいるのだ。

浪人が迫る。敵の斬撃を水谷は鍔元でガッチリと受け止めた。

「ぬううう～～～～ッ」

鼻息がかかる距離で睨み合い、力と力で押し合う。水谷の太腿で筋肉が漲《みなぎ》って震えた。

「うおおりゃあッ」

馬鹿力で突き放し、刀を寝かせて圧《お》し斬った。敵の肩口をザックリと割いた手応えがあった。

その時、水谷は火縄の臭いを嗅いだ。

「むっ……？」

目を向けると火縄の先の火が見える。水谷は片手を伸ばして浪人の衿《えり》を摑《つか》むと、火縄に向かって突きかざした。鉄砲の楯《たて》とした。

直後、銃口が火を噴いた。浪人の身体《からだ》がドンッと揺れる。浪人は「ぎゃあっ」と絶叫した。

弥五郎は浪人を振り払うと鉄砲に向かって走った。猟師くずれの殺し屋は次発の装塡が間に合わない。水谷の突進に怯《おび》えて銃身を横に持ち、真っ向からの斬り込みを受け止めようとした。

弥五郎は上段から斬りかかると見せて足を踏み替え、刀身を横に払った。鉄砲撃ちの胴を真横に斬る。すれ違いざまに刀を振りきった。

「ギャアーッ」

鉄砲撃ちが叫んだ。斬られた腹から腸《はらわた》が噴き出す。鉄砲撃ちは倒れた。

（これで三人！）

残りはどこへ行ったのか。由利之丞が危ない。

「南町同心ッ、八巻卯之吉、これにありッ！　いざッ、かかって参れッ」

水谷弥五郎は声を限りに叫んだ。敵をこちらに惹《ひ》き付けるためだ。

剣術の果たし合いではないのだから、同心がこんな物言いで叫ぶかどうかはわからない。ともかく敵の注意をこちらに惹き付けなければならない。

その雄叫《おたけ》びを与吉と牛次郎も耳にした。

「あれは八巻の手下のほうだ！　誑《たぶら》かされるなッ、八巻を追えッ」

与吉が叫ぶ。牛次郎と鉄砲撃ちと人斬り浪人が草むらをかき分けて突き進む。

用水池の岸辺で水音がしている。八巻の足音に違いない。

「八巻め、どこへ行きやがるんだ！」

牛次郎が喘《あえ》ぎながら言った。天下無敵の人斬り同心のはずなのに、どうして逃げ出す必要があるのだろうか。

鉄砲撃ちも、八巻が逃げ回っていたのでは狙いのつけようがない。鉄砲を担《かつ》いで走りながら息を切らせている。


由利之丞は逃げ回っているうちに、どんどん低地へ、泥の深みへと、追い込まれていった。

溜め池の縁には堤が延々と築かれている。由利之丞は堤に沿って逃げる。堤を乗り越える勇気はなかった。急な法面《のりめん》（堤の斜面）を上らなければならないのだが、その間に敵に追いつかれてしまうだろう。逃げる時にはどうしても低いほうへと走ってしまう。

「クソッ。あいつら、どこまで追ってくる気だよッ」

由利之丞は逃げつづける。と、目の前に、頑丈《がんじょう》な石の扉《とびら》が立ちはだかった。

「……水門だ！」

扉が行く手を塞いでいる。拳で叩くがびくともしない。

「畜生《ちくしょう》ッ、みんなして寄ってたかって、なんなんだよッ。そんなにオイラを殺したいのかよッ」

悪党たちの足音が迫る。由利之丞は必死だ。

「水門を開ければ、堤の外に出られるはずだよ」

水門を封じているのは横木だ。ガッチリと嵌まったそれに手を掛ける。だが、家の柱より太くて重い材木を持ち上げることなど、華奢《きやしや》な体格の役者には難しい。

「あっ、あそこだ！　いたぞッ」

野太い声が聞こえた。悪党たちが四人、土手を駆け下りてくる。一人は鉄砲を手にしていた。

「ひいいいッ」

どこかに身を隠せる場所は——と思って目を向けると、太くて長い丸太が水際に積んであった。水門を造る際の材料だろう。

由利之丞は丸太の山の陰に逃げ込もうとした。

鉄砲撃ちが土手の中程で足を止め、銃に弾を籠《こ》め始めた。残りの三人——与吉と牛次郎と浪人者は、土手を駆け下りて水辺に踏み込む。由利之丞を（八巻同心を）鉄砲の前に追い立てようという魂胆だ。

由利之丞は丸太の後ろに隠れて震えている。

「どうすりゃいいんだよ！」

ふと、目を向けると、そこには斧《おの》があった。由利之丞は斧の柄《つか》を摑んだ。やたらと重い。こんな物を振り回して戦うのは難しい。

「八巻ッ、そこまでだ！　覚悟しやがれッ」

悪党が悪罵《あくば》を吐いている。今にもこちらに回り込んで来そうだ。

由利之丞の目の前に、丸太を縛る縄があった。

「そうだ！　この丸太を崩せば……」

丸太の向こう側にいる曲者たちを押しつぶすことができるかも知れない。由利之丞は斧の柄を握り直した。

「んんん～～ッ」

細身の身体で必死に踏ん張って振り上げると、斧の重さに任せて縄に向かって叩きつけた。

縄がザクッと半分切れた。もう一回だ。由利之丞は歯を食いしばって斧を振り上げ、振り下ろした。

バーン！　と大きな音がした。鉄砲で撃たれたのだと思ったら、そうではなくて、それは縄の切れる音であった。

積まれた丸太がグラリと揺れた。轟音《ごうおん》とともに崩れ落ちる。地面が揺れた。由利之丞は立っていられない。

丸太は大きな水柱を上げて溜め池の中に落下した。

「なんだッ」

「丸太が崩れたぞ！　巻き込まれるなよッ」

悪党たちも喚《わめ》いている。丸太は次々と水に落ち、水門を目掛けて流れていく。

そして水門に激突した。

丸太は次から次へと石の門扉に当たり、ついには頑丈な横木を圧《へ》し折った。

水門の扉が勢いよく開く。溜まっていた水が一気に吐き出される。

「何事だッ」

「助けてくれッ」

悪党たちが濁流《だくりゅう》に飲まれた。由利之丞は土手に這《は》い上がった。

鉄砲撃ちは仲間を助けるため、装塡途中の鉄砲を投げ捨てて岸に下りた。そして丸太が作った大波に飲まれた。足元は濡れた草だ。踏ん張りが利かない。

「助けてくれぇーッ」

悪党たちは手を伸ばし合う。そこへ丸太が怒濤《どとう》の勢いで流れてくる。丸太と丸太の間に挟まれて、悪党の一人が潰された。由利之丞は顔を背《そむ》けた。

悪党たちは全員、流れに飲まれた。由利之丞はほうほうの体《てい》で堤の上まで這い上がった。

「なんてこった！　溜め池の水が、ぜんぶ川に溢れ出ちまった！」

水は荒れ狂いながら下流へと向かう。下流にあるのは江戸の町だ。

「大変なことになっちまった！」

由利之丞は震え上がった。

第五章　下手人《げしゅにん》は村田銕三郎《むらたてつさぶろう》

一

ガチャンと瀬戸物《せともの》の割れる音がした。

よろけた豆吉――お節が、手にしていた銚釐《ちろり》の酒をぶちまけた。

「何をするっ」

酒が村田の着物にかかった。

「これは、とんだ粗相《そそう》を……」

そう詫《わ》びながらも、さらに足をもつれさせて村田にしなだれかかる。硬骨漢《こうこつかん》の村田は激発寸前だ。

もしもこの失態をしでかしたのが同心の尾上伸平であったなら、すでに拳骨《げんこつ》の

二、三発は喰らわせている。
「豆吉はん、飲み過ぎでんなぁ」

龍涎堂がヘラヘラと笑っている。嘲笑《ちょうしょう》しているようにも見える。村田はよけいに気分が悪い。

騒ぎを聞きつけて女将《おかみ》が飛んできた。

「と、とんだ粗相をいたしましたッ」

帯に挟んであった手拭きで村田の着物を拭くが、かかった酒はあらかた布地に染み込んでいる。

「すぐにお着替えのお部屋を……」

村田は女将の手を煩《わずら》わしげに押し返した。

「着替えなんざ、用意してきていねぇよ」

お節がけたたましく笑った。

「なら、アタイの着物を貸してあげようか」

「なにっ」

重ね重ねの非礼に、ただでさえ短気な村田の辛抱はもう限界だ。

お節は村田からスルッと離れると、

「望江台のお座敷を借りるわね。着替えてこなくっちゃ」

村田に流し目を向けると、フッと笑って出ていった。

この物腰には女将も激怒する。

「いったいなんてこと！　近頃の若い者は！」

「まあまあ」と龍涎堂が取りなす。女将のそばに寄って耳元で囁《ささや》いた。

「これも手練手管《てれんてくだ》や。野暮なことを言うたらあきまへん」

女将はハッと覚《さと》った顔つきだ。

「これは、とんだことで」

芸者が村田を誘っているのだと理解したのだ。

女将はそそくさと座敷から出て行く。村田だけが何もわかっていない顔つきだ。

生駒と龍涎堂は村田銕三郎の表情を見守っている。彼らとすればここで村田が激昂《げっこう》するか、あるいは鼻の下を伸ばすかして、望江台に向かって欲しいところだ。それで計画が成就する。

「村田様、豆吉は望江台に行きよりました」

「だから、なんだ」

「折檻《せっかん》しに行かれたほうが宜《よろ》しいのでは？　こないなことをされて黙っておられたのでは、お役人様のご面目《めんぼく》が保たれまへんでしょう」

村田は「ふん」と鼻を鳴らした。

「こぼれた酒が引っかかったぐらいのことで役人が乗り出したら、牢屋敷がいくつあっても足りねぇ。町奉行所もそんなに暇《ひま》じゃあねぇんだ」

龍涎堂は冷や汗を滲《にじ》ませる。

「そう仰《おっしゃ》らずに……。手前の見たところ、豆吉の粗相は、わざとでっせ。お着替えを口実に、旦那を別の座敷に誘っとるのに相違ございまへん」

「馬鹿を申すな。生駒様を置いて余所《よそ》の座敷へ移れるものか。お前のほうこそ酔っぱらっておるのではないか」

龍涎堂は困ってしまって横目を生駒に向けた。

彼らの想定していた村田銕三郎は〝すぐに激怒して事を荒立てる男〟である。確かにそのとおりなのだが、村田が激怒して暴れる相手は悪党と、配下の同心たちに限られている。

誰彼かまわずに暴れ出す無分別者《むふんべつもの》ではなかったのだ。ならば次の手だ、とばかりに龍涎堂は、窓の外にそっと目配せをした。村田が自分の足で望江台に向かわぬのであれば、無理にでも向かわせるまでである。

すかさず先ほどの中間《ちゅうげん》が離れ座敷に入ってきた。

「旦那様」

生駒に向かって声を掛ける。

「三階櫓《やぐら》に入った芸者が、なにやら騒いでおります」

生駒が鋭い目を向けた。

「何かあったのか」

「曲者《くせもの》が入ったらしい、と、言っております」

「曲者だと？　村田、同心の出番のようだぞ。行って確かめて参れ」

「ははっ」

村田は腰を上げた。悪党どもの思惑どおりに、三階櫓に向かおうとした。

「ああ、それそれ〜。謡《うた》え、謡え〜」

卯之吉は金扇《きんせん》を振り回して大喜びだ。

皆川屋は目を回しそうになっている。

「八巻様、いくらなんでも、はしゃぎ過ぎでは……」

「えっ、なんです？　まだ飲み足りませんかね？　お姐《ねえ》さんがた、皆川屋さんにお酌をお願いしますよ〜」

遊女たちが黄色い声をあげて皆川屋を取り囲む。老中の本多出雲守はお気に入りの美女を左右に侍《はべ》らせてご満悦だ。

「可愛いのう、そうれ、口吸《くちす》いじゃ」

尖《とが》らせた唇を近づけては「ダ〜メ」と遊女にやんわり押し返され、ますます脂《やに》下《さ》がっていた。

「い、いったい、ご老中様と八巻様は……」

どういう関係なのか、皆川屋は焦りを隠せない。

と、その時であった。屋根の上の水主《かこ》たちが、急に騒ぎ始めた。

「波だ！　大波だァ！」

屋形船を操る水主たちは、舟遊びの旦那たちの視界に入らないように屋根の上に立って棹《さお》を使う。屋根の上をドタバタと走り回っている。

「なんじゃ、なんじゃ。騒々しい」

出雲守が天井を見上げて叱りつける。すぐに船頭からの返事があった。

「川上から大波が押し寄せて参《め》ぇりやすッ。大《て》ぇ変《へん》だ！　飲みこまれるッ」

出雲守も、卯之吉も、皆川屋も、一斉に川面《かわも》を見た。

夜だというのに白い大波が見えた。高さは二階の屋根にも届きそうだ。川幅いっぱいに広がった高波が迫ってくる。凄《すさ》まじい轟音《ごうおん》が聞こえた。

屋根の上の水主たちが叫び交わす。

「舳先《へさき》を波に立てろ！」

「間に合わねぇッ」

「みんな、摑《つか》まれーっ！」

大波が屋形船に真横から襲いかかってきた。横波だ。船は舳先で波を受ければ、どんな大波でも乗り越えることができるが、横波を喰《く》らうと転覆してしまう。卯之吉が仕立てた江戸で一番の大船が横に激しく傾いた。川の水が大量に流れ込んできた。

女たちが悲鳴を上げる。料理の膳や皿が流されて激しい音を立てた。

「若旦那ッ」

銀八が叫んだ。卯之吉の姿が波に飲まれた。

船体がギギギーッと不気味な音とともに軋《きし》む。さしもの巨船もなすすべもなく下流へ押し流されていく。

っ込んでいく。


「ぶつかるぞーっ！」

船頭が叫んだ。家の明かりが見えた。そこに向かって屋形船は旋回《せんかい》しながら突

突然、川のほうから轟音が聞こえてきた。


「何事ッ」

村田鋳三郎は刀を摑んで立ち上がった。窓に駆け寄って障子戸を開ける。そして叫んだ。


「大水《おおみず》だッ。生駒様、大水でござるッ」

目の前で大川が氾濫《はんらん》している。河岸の石垣の上にまで波が打ち寄せてきた。料理茶屋の建物の縁の下まで水が迫る。

生駒も龍涎堂も仰天《ぎょうてん》した。


「鉄砲水《てっぽうみず》でっしゃろか。……そやけど、上流で大雨が降っとるなんてぇ報《しら》せは届いとりまへんで」

村田は振り返って答えた。

「何があったのかなど、詮索している場合ではないッ。ここも危ない！」

生駒と龍涎堂は横目と横目を見合わせた。村田銕三郎を人殺しに仕立てるための陰謀は進行中だ。この場を離れて良いものかどうか、思い悩んでしまったのだ。

「何をしているッ――しておられるッ」

村田は生駒の手前、言いなおした。打ち寄せてきた大水が跳ねて、座敷の中まで飛沫《しぶき》で濡れた。

龍涎堂が「あああっ」と、窓を指差して叫んだ。

「船や！」

村田は振り返った。そしてギョッとなった。

巨大な屋形船が突っ込んでくる。

「アカンっ、ぶつかるぅッ！」

龍涎堂は絶叫した。

料理茶屋の庭を囲う生け垣を屋形船の船底が押し倒した。そのままドーンと庭に乗り上げて来た。料理茶屋の敷地全体が大地震のように揺れた。

「わあっ」

龍涎堂は尻餅《しりもち》をついて真後ろに転がる。村田と生駒は柱にしがみついて転倒をこらえた。

揺れが収まると同時に、村田の怒りに火がついた。

「どうなってやがるんだッ」

障子を開けて外に飛び出す。

「こいつぁ……、まるで池みてぇじゃねぇか！」

先ほどまで〝贅《ぜい》を尽くした庭園〟だったその場所に、大川の泥水が溜まっている。元から池にいた魚か、それとも波で打ち寄せられてきたのか、よくわからない大魚がピチャピチャと跳ねていた。

水は引かない。屋形船の船体が水の出口を塞《ふさ》いでいる。堰《せき》のような役割を果たしている。村田は庭の渡り廊下──今は水上の桟橋《さんばし》になっている──を走った。

「やいっ、船ン中の者！　無事かッ」

屋形船の屋根の上で水主が「へーい」と力なく答えた。屋根の軒下には雪洞《ぼんぼり》が吊るされている。今の騒動でも火は消えなかった。庭を桃色の光で照らしていた。

「若旦那ッ、しっかりするでげす！」

「いやあ、大変な目にあったねぇ。はははは！」

聞き覚えのある声だ。村田はギクリとなった。

「てッ、手前ぇ、なんだってこんな所に――」

村田の問いは無視して、卯之吉は銀八に命じる。

「あたしのことより、御前《ごぜん》様のことが心配だよ」

「そうでげした。でもあっしはご老中様の雇われ者じゃあござんせんから」

「老中様がどうなってもいいってのかい。あははは」

「出雲守様、しっかり！」

商人が誰かを抱き起こしている。銀八はチラリと横目を向けている。

「気付け薬でも飲ませたほうがいいんじゃねぇでげすか」

水主たちは「くそっ」だの「なんてぇこったい」だのと悪態をつきながら屋根から下りてきた。船端から縄ばしごを投げ下ろす。村田は縄ばしごを摑んで上り始めた。

「やいっ、こっちが下りようと思って下ろした梯子《はしご》だぞ！」

水主が文句を言う。

「黙れッ。南町の詮議だッ」

村田は怒鳴り返した。梯子を上りきって船内に踏み込む。畳の敷かれた甲板《かんぱん》は泥だらけで斜めに傾いていた。

「ハチマキッ」

卯之吉は、ひっくり返った本多出雲守を介抱していたが、呼ばれて振り返って、「おや?」と言った。

「ひょんな所でお目に掛かりますねぇ。とんだ奇遇があったものだ。本当に村田様は、どこにでも唐突《とうとつ》に現れて、あたしを驚かせてくれますよ」

「それはこっちの台詞《せりふ》だッ」

村田は額に青筋を立てた。いつものことながら、卯之吉の口調は癇《かん》に障《さわ》る。

二

天竺楼で働く者たちが駆けつけてきた。法被《はっぴ》を着た男たちと仲居の女たちである。

「やあやあ皆様、とんだお邪魔《じゃま》さまでございます」

船の上から卯之吉が場違いに明るい声で挨拶《あいさつ》している。卯之吉にとってはこの大事件ですら遊興なのだ。働かずに暮らす金持ちの日常はとかく退屈なのである。事件はおおいに結構だ。

乗っていた芸者衆は欄干《らんかん》にしがみついて青い顔をしていた。

卯之吉は一人一人、指を差して数える。

「皆さん、ご無事のようですね。まずは、よかった、よかった」

船に何人が乗っていたのか、ちゃんと数えておいたらしい。このあたりの妙な気配りが卯之吉である。

「やいっ、なんなんだこの騒ぎは！」

村田銕三郎が鬼の形相《ぎょうそう》で卯之吉を睨《にら》みつける。卯之吉はニヤニヤと笑いながら答えた。なぜ笑っているのか、銀八には理解できないのだが。

「川上から大波が押し寄せて来ましてねぇ。……川上でいったい何が起こったのでしょうねぇ？」

「そんなことは聞いちゃいねぇッ。なんだって手前《てめ》ぇが舟遊びなんかしていやがるんだッ」

「『なんだ』と訊《き》かれましてもねぇ。遊びは遊びでございますよ。遊びに理由なんかあるわけがないでしょうに」

「手前ぇ！　悪ふざけにも程ってもんが――」

憤激《ふんげき》した村田の前にサッと皆川屋が割って入った。

「お、お役人様、この屋形船をお仕立てになられたのは、あちらにおわします、

「ご老中様でございますよ……！」

早口の小声で告げる。村田は、

「なにッ」

と目を剝《む》いた。

本多出雲守が頭を押さえながら身を起こした。

村田は出雲守の顔を見知っている。かつて捕り物で大手柄《おおてがら》をあげた時に、江戸城に呼ばれて褒美《ほうび》の言葉を賜《たまわ》った。他にも卯之吉がらみの宴席で顔を合わせたことがあった。

「ご、ご老中様ッ」

たとえその顔は見忘れたとしても、肥満体を見間違えるはずがない。江戸の町でこれほど太っている男は滅多《めった》にいない。

卯之吉はニッコリと笑った。

「ともあれ村田様、ご老中様を船から下ろしましょう。この船はこちらの庭に引っかかっているだけでございます。次の大波が来たら、また押し流されてしまうかもしれませんよ。外海に出たら江戸に戻って来られませんよ」

「お、おう！　言われるまでもねぇ……って、なんで手前ぇに指図されなくちゃならねぇんだ！」

村田は憤然としながら船縁《ふなべり》に戻ると、身を乗り出して、下にいる者たちに向かって叫んだ。

「梯子をありったけ持って来いッ」

縄梯子の一本だけでは本多出雲守の巨体を下ろすことはできない。


「まったく酷《ひど》い目にあったぞ」

本多出雲守が天竺楼の離れ座敷にドッカリと座った。

正面には北町奉行所の内与力である生駒十郎兵衛、村田銕三郎、龍涎堂治右衛門、皆川屋四郎右衛門、そして廊下には天竺楼の女将が平伏していた。

皆、ひたすらに恐縮している。

いきなり天下の筆頭老中が現れたならば度肝《どぎも》を抜かれてしまう。しかも大波で庭に打ち寄せられた屋形船に乗っての登場なのだ。目の前に老中が座っている姿を目にしてもなお、信じられない思いであった。

生駒と龍涎堂は内心の焦りを隠せない。今、三階櫓『望江台』には死体があるのだ。余りに異常な事態の推移に、どう対処したらよいのかわからなくなっている。

幸いなことに座敷は暗い。百目蠟燭《ひゃくめろうそく》が立てられているけれども、二人の酷い顔色を覚られることはなかった。

卯之吉が入ってきた。座敷の端《はし》にチョコンと座った。

「水主さんたちも芸者衆も、皆さんご無事でございましたよ。怪我《けが》をしたお人には、チョイと手当てをしておきました」

本多出雲守は「うむ。大儀《たいぎ》」と重々しく頷《うなず》いた。卯之吉はニンマリと笑った。

「ご老中様は大事《だいじ》ございませんでしょうか。なんでしたらあたしが診《み》て差し上げますけれど?」

出雲守は弛《ゆる》んだ顎《あご》の肉をブルッと震わせて首を横に振った。

「大事ないッ」

卯之吉の治療を受けると蘭方医《らんぽうい》の小刀《メス》で切られると恐れているのだ。

女将は廊下で深々と平伏する。

「御前《ごぜん》様に足をお運びいただきまして、手前どもにとりましては果報の至りにございまする」

卯之吉がケラケラと笑った。

「足をお運びではございませんよ。船で流されてきたんですからね。あはは！」

女将は横目で不思議そうに卯之吉を見ている。

「どうして若旦那がこちらに――」

「ご老中様のお供にございますよ」

本多出雲守が「あっ」と叫んだ。この女将は〝三国屋の卯之吉〟を知っている、と気づいたのだ。

「お、女将ッ。下がれッ。わしが呼ぶまで顔を見せるな！」

「はっ、はいっ。とんだご無礼を――」

卯之吉は何が起こっているのか、まったく理解していない。

「いいじゃないですか御前様。こちらの女将さんは小唄《こうた》がお上手なんですよ。一節聞かせていただこうじゃありませ――」

「いいからッ、下がらせろ！　わしが良いというまで誰も口を利くなッ」

女将はなにゆえ老中が機嫌を損ねたのか理解できなかったけれども、急いで退出した。

出雲守は「ホッ」と安堵《あんど》の吐息をついた。卯之吉に向かって念を押す。

「お前は『町奉行所の探索で、商家の若旦那に扮して、この店に来たことがある』そうだな？」

「はい？　なんですって？」

「そうだなッ？」

廊下で銀八が平伏した。

「へいっ、仰《おお》せのとおりでげす！　こちらの同心サマは、御用の探索で大店《おおだな》の放《ほう》蕩《とう》息子に扮装いたしやして、こちらの店に来たことがあるでげす！　岡っ引きのあっしが請け合うでげす！」

「ようし、それで良いのだ！」

慌てているのはこの二人だけで、他の者たちは、二人が何をやっているのかよくわからない。

出雲守は卯之吉に目配せをした。

「お前はもう帰れ。明日も早いのであろう？」

「いいえ。今月の月番は北町でございますから、明日も暇でございますよ？」

銀八が駆けつけてきて腕を引く。

「さあ、帰るでげすよ！」

「二人とも殺生《せっしょう》なことを言うねぇ。宴《うたげ》の途中であたしに『帰れ』と言うなんて。

『死ね』と言っているのに等しいよ」

　絶対に腰を上げまいとする卯之吉と、引っ張りだそうとする銀八が揉《も》み合っているのを尻目《しりめ》に、村田銕三郎が険《けわ》しい面相を窓に向けた。ギリギリと歯嚙《はが》みし、

「御免！」

　と、腰を浮かせようとした。

「どうしたのじゃ。恐い顔をしおって」

　出雲守の問いに村田が答える。

「実は、先ほど……御前様が船で到着なされる前にございますが、この店の中に曲者の気配があると伝えにきた者があるのでございます」

「なんじゃとッ？　く、曲者が近くに潜んでおるのか……！」

　出雲守は目に見えて怯《おび》えだした。

　龍涎堂も大慌てで立ち上がる。

「お、お気になされることはございませぬ！」

　村田はジロリと睨んだ。

「お前も聞いたであろう！　三階櫓に──」

「何も聞いてはおりませんよ。ねぇ、生駒様？」

生駒十郎兵衛は渋い顔で首を横に振った。

「拙者《せっしゃ》も聞いた覚えがない」

「そんな馬鹿な！」

生駒が両手を広げる。

「ともあれ落ち着くのだ村田。ご老中様の御前なるぞ！」

「ご老中様がお越しだからこそ、曲者をそのままにはでき申さぬ！　御免ッ」

村田は腰を上げると老中に向かって一礼して、走り去った。屋内であるのに荒々しい足音を立てている。

「む、村田様ァ！」

龍涎堂が止めたが、もう耳には届くまい。

卯之吉は相も変わらず軽薄な笑みを浮かべている。

「村田様は一風変わったお人柄でございますからねぇ」

別に変わってない。同心として頼もしい人柄である──と銀八は思ったのだけれど黙っていた。

「ま、ともあれご一献《いっこん》、どうぞ」

卯之吉がその場にあった銚釐を手にして本多出雲守に勧める。酒宴を続けようという魂胆《こんたん》だ。

「銀八、お姐さん方を呼んでおくれな」

「怪我をしてるんじゃねぇんでげすか」

「たいした怪我じゃないよ。飲んで浮かれていれば治っちまうよ」

そんな馬鹿な、と銀八は思った。仮にも蘭方医学の修業をした人物の言葉とは思えない。卯之吉は宴会となると、常識もどこかへ吹っ飛んでしまうのだ。

何者かが離れ座敷の濡《ぬ》れ縁《えん》を渡ってきた。

「ああ、来た来た」

笑顔を向けた卯之吉が見たものは、着飾った芸者たちではなく、血相を変えた村田であった。

「申し上げまする。櫓で芸者が殺され申した」

「な、なに……ッ、人殺しかッ」

出雲守はますます怯える。

「首を切られ、胸を刃物で刺されておりまする」

本多出雲守は目を丸くして立ち上がった。あまりに驚きすぎて腰がよろけて、金屏風《きんびょうぶ》にしがみついた。

三

息詰まる沈黙が座敷を満たした。本多出雲守はひたすらに驚いている。生駒と龍涎堂は苦々《にがにが》しげな顔つきだ。

卯之吉だけが緊張感のかけらもない顔つきで立ち上がった。

「ともあれ見てきましょうかね。もしかしたら、まだ生きているかもしれない」

村田が表情をムッとさせた。

「死んでるって言ってるんだ。俺の見立てを疑うのか」

「いいえ。でも、息を吹き返すってこともありますから」

「血まみれだ。素人《しろうと》がしゃしゃり出るんじゃねえ！」

卯之吉は「いやだなあ」と言って笑った。

「あたしだって――」

同心ですよと続けるのかと思ったら、

「医術の心得《こころえ》ぐらいはありますよ。馬鹿にしちゃあいけません」

銀八は頭を抱えた。〝南北町奉行所一の同心〟という世評と、南町一の役立たずという村田の評価と、蘭方医学には自負があるという卯之吉の自己評価とが嚙み合っていない。どこまでいっても会話にならない。

「行くなと言ってるんだ！」

「いいえ、どうあってもこの目で見ないことには」

医者としての義務感というより、ただの野次馬根性なのではないか、と、銀八は疑った。

揉み合う二人を出雲守が一喝《いっかつ》する。

「ええい、騒ぐなッ。二人とも行って見てまいれ！　曲者がいまだこの茶屋の中に隠れておるかも知れぬのだぞ。見つけ出して捕まえて参れ！」

確かに、人殺しがそのままでは安心できない。

村田は「ハハッ」と平伏した。卯之吉はいそいそと出て行こうとした。

「お許しが出ましたよ村田さん。それじゃあ行きましょう」

「待てッ、こら！」

村田が追っていく。

二人は庭に出た。巨大な屋形船が乗り上げたままだ。

「この船のせいで水が流れ出して行きませんねぇ。庭中が池みたいになってますよ」

「だったら、どうした」

「水音を立てずに曲者が逃げ出すのは無理ってことですよ。だけど……、あたしらが船で突っ込んできて、出雲守様たちを助け出す騒ぎに紛《まぎ》れてなら、いくらでも逃げることができましたよね」

卯之吉は三階櫓に辿《たど》りついた。入り口の引き戸は開いている。卯之吉は扁額《へんがく》を見上げた。

「『望江台』か。確かにこれほどに高い櫓からなら、対岸の江戸が良く見えるでしょうねぇ。誰が思いついた遊びなんでしょうかね。三階建ての望楼《ぼうろう》を建てちゃうなんて、たいした数寄者《すきしゃ》ですねぇ」

「褒《ほ》めてる場合か」

「褒めちゃあいませんよ」

感心して褒めているように聞こえるかもしれないが、内心では嫉妬《しっと》して敵愾心《てきがいしん》を燃やしているのだ、と、銀八にはわかった。滅多なことでは他人と張り合ったりしない卯之吉なのだが、こと、遊興と蕩尽《とうじん》にかけては江戸で一番でないと気が済まない。

どちらにしても、殺人の現場に臨む同心の態度ではない。

戸口からムウッと血臭が吹き出してきた。それだけでもう、銀八は目を回しそうだ。

「なるほど。一大事ですねぇ」

卯之吉はグイグイと乗り込んでいく。この姿だけを見れば、臆することなく犯罪に挑む同心だと誤解できなくもない。

卯之吉は階段を上がり、二階の座敷に入った。肌襦袢《はだじゅばん》一枚の女の死体が鏡台の前に転がっていた。

「ほう？」

興味津々《しんしん》、といった顔つきで歩み寄ると、女の手を取った。

「脈を取るまでもないですねぇ。冷たくなってますよ」

卯之吉はその手をまじまじと見た。

「ふうん、芸者さんですね」

手指にも、腕にも、真っ白に白粉《おしろい》が塗ってある。

村田も同心の顔つきになって屈《かが》み込んだ。

「辰巳芸者の豆吉と名乗っていたぜ。ほんとの名はなんていうんだか、それを突き止めなくちゃならねぇな」

「首に切り傷、胸には刺し傷。……で？　凶器の刃物はどこですかねえ？」

「賊が持って逃げたんじゃねぇのか。ともかく決めつけは厳禁だ。三階に上がるぜ」

「悪党がいるかもしれませんよ。用心しないと」

「手前ぇに心配される筋合いじゃねぇ」

村田は三階の様子に気を配りながら上がっていった。卯之吉は骸《むくろ》の腕をもう一度手に取った。

「誰もいねぇ」

三階から村田の声が降ってきた。

「それじゃあ、あたしもいきますよ」

卯之吉は階段を上がった。

「三階は板敷きなんですねぇ。畳が敷いてない。ああ、眺めが良さそうだ。もっとも夜じゃあ、なんにも見えやしませんね」

四畳半ほどの広さの部屋の四方が窓になっている。転落防止の欄干《らんかん》ごしに景色を眺めて楽しむのだ。

「こんな素敵な場所があるのでしたら村田さん、昼間に宴を開くべきでしたよ」

「手前ぇの知ったことかよ」

　卯之吉は欄干から身を乗り出すようにして外を眺めている。村田は（いっそのこと突き落としてくれようか）という面相で睨んでいる。

「それじゃあ、あたしは下に降ります」

「曲者がいるかもわからねぇぞ」

「いいえ、もういないですよ」

「なんでそう言いきれるんだ」

　卯之吉は答えず、スルスルと階下に降りて、外に出た。外では銀八が待っていた。血まみれの死体が転がる建物になど足を踏み入れたくなかったのだ。

　卯之吉はちょっと困った顔をした。

「本当に死んでたよ」

「ああ、やっぱり。なんまんだぶ」

「それにしても……。この料理茶屋は、いつの間にこんな櫓を建てたのかねぇ？　建てたのならあたしに報せてくれてもいいのに」

　三国屋には報せが届いていたのかもしれない。八丁堀まで誰も伝えに来なかっただけだ。

卯之吉は頼りない足どりで母屋《おもや》に向かう。

「御免なさいよ」

ちょっと片手で暖簾《のれん》を払って台所を覗《のぞ》いた。女将が思案顔で立っていた。

「ああ若旦那、本日はとんだ騒ぎに巻き込んでしまいまして……」

「いやいや、そちらこそとんだご迷惑様だよ。大事な庭は駄目《だめ》にしちまうし。こちらの庭はあたしも気に入っていたんだけどねぇ。あの船を雇ったのはあたしだ。なんだかあたしが悪いことをしたような気がしてきたよ」

「とんでもございません。天下のご老中様を手前どもの店にお連れくださいまして、料理屋冥利《みようり》に尽きまする。店の者一同、お礼を申し上げます」

「ご老中様が足をお運びなのはよかったけれども、屋形船はよけいだったよねぇ。はっはっは」

どうしてこの状況で笑っていられるのか、銀八にはさっぱりわからない。三階櫓で人が死んでいることを真っ先に伝えるべきではないのか。

「それにしてもさすがは三国屋様の若旦那様。ご老中様とご一緒に舟遊びとは、豪気《ごうき》にございまする」

「ああ、うん。出雲守様に頼まれたのでねぇ。町人の船遊びってものをやってみたかったんだってさ」

「左様《さよう》でございましたか」

「ところでさ、三階櫓で芸者の豆吉さんが殺されてるんだけどね、下手人に心当たりはおありかねぇ？」

突然にとんでもないことを言い出したので、女将は怪訝《けげん》な顔をした。

「今、なんと……おっしゃいましたか」

「豆吉さんが殺されてるんだよ」

卯之吉が、卯之吉なりに真面目《まじめ》な表情で（傍目《はため》には薄笑いを浮かべているように見えたのだが）答えると、台所にいた板前や男衆が一斉に立ち上がった。

「なんですって？　殺されてる？」

「ああ、そうなんだよね。ますます面倒な話になってきたよね」

女将は血の気の引いた顔だ。

「……で、でも、今夜は町奉行所の内与力様と同心様もお見えですし。き、きっとすぐに、下手人を見つけてくださいますよね」

卯之吉は眉根《まゆね》をキュッと寄せた。

「それがねぇ、そうだといいんだけどねぇ」

卯之吉は首を傾《かし》げている。

四

離れ座敷には本多出雲守がドッカリと座っている。

「このわしが在楼《ざいろう》する料理茶屋で、よりにもよって人が殺されたとは。許せぬッ。このわしを……否《いな》、公儀の面目をも蔑《ないがし》ろにする所業じゃ！」

「ははーっ」と、一斉に平伏したのは、生駒十郎兵衛と村田銕三郎。敷居を隔《へだ》てた下の座敷には龍涎堂治右衛門と皆川屋四郎右衛門。さらに敷居を隔てた廊下の板敷きに、天竺楼の女将と老番頭がいた。

出雲守は生駒と村田を睨みつける。

「町奉行所の者が二人も顔を揃えていながら、なんとしたことかッ」

「めッ、面目次第もございませぬ」

生駒が平伏し、村田銕三郎もそれに倣《なら》った。出雲守のお叱りは続く。

「かような失態、見過ごしにはできぬぞッ！　南北町奉行両名の、罷免《ひめん》も覚悟しておけッ」

生駒は血相を変えた。

「そっ、その儀ばかりは……！」

今夜の陰謀は南町奉行を罷免に追い込むためであった。それなのに、北町奉行の上郷備前守までもが罷免されてしまったのでは本末転倒だ。

ともあれ、この場は誤魔化《ごまか》さなければならない。

「ご老中様、お、お怒りはごもっともなれど……、ここは御身《おんみ》第一とお心得いただきまして、疾《と》く、お屋敷にお戻りを願いまする」

北町奉行の責任を持ち出されたことで、いよいよ村田銕三郎を下手人に仕立て上げねばならなくなったのだが、本多出雲守がここにいたのでは陰謀を進めにくい。

陰謀そのものは上首尾に進んでいるのだ。老中の介入だけが邪魔である。

「茶屋の中を隅々《すみずみ》まで調べ尽くしたとは申せ、曲者が潜《ひそ》んでおらぬとは言いきれませぬ。危のうございまする。万が一、ご老中様の御身に何事かございましたものなら天下の一大事！　疾く、お屋敷にお戻りくださいませ」

「いいえ、それがですねぇ……」

素《す》っ頓狂《とんきょう》な声がして、皆、ビクッと身を震わせた。

本多出雲守の後ろの屏風から、卯之吉がニュッと顔を出した。

村田が目を剝いた。

「手前ぇ、そこで何をしていやがるッ」

「いえ、別に何もしちゃいないんですけれど」

「手前ぇは猫か！」

屛風から首だけ出した姿は、たしかに猫っぽい。

出雲守が「鎮《しず》まれ」と命じた。

「わしの背後を守るため、ここに控えさせておるのだ」

もしかすると本多出雲守までもが『卯之吉は剣豪である』などという嘘を信じ込まされているのかもわからない。

「そういうわけなんで、あたしのことはお構いなく。ところで、話を戻してですね、ご老中様にお屋敷にお戻り頂くというお話は、無理なんですよ」

「なにゆえだ」

生駒が訊く。卯之吉はニヤニヤしながら答えた。

「屋形船がお庭に乗り上げた時に、大川の土手を崩してしまったんでしょうね。川の水が流れ込んでましてね。おまけに大きな船体が水を塞《せ》き止めてしまってまして、料理茶屋の周りは一面、泥沼になってるんですよ。お乗物《のりもの》や徒歩《かち》きでは、とうてい出られやしません」

女将が廊下で平伏した。

「ただ今、舟の手配をいたしておりますので、今しばらくのご辛抱を……！」

生駒は苦々しげな顔をした。

「迎えの舟が来るまで、ご老中様のご動座《どうざ》はかなわぬのか」

「この大波が落ち着くまでは、舟もやっては来ませんよ」

卯之吉はそう言ってから、ニヤーッと笑った。

「大変なことですよ。だってねぇ、芸者の豆吉さんを殺《あや》めた下手人《げしゅにん》も、この料理茶屋からは抜け出ることができない——ってことになりますからねぇ」

出雲守が血相を変えた。

「つまり、人殺しが今もここにおる、ということか！」

「そういうことになりますかねぇ？」

「よしっ、ならば、このわしが直々《じきじき》に詮議して、下手人を捕まえてくれる！」

卯之吉は「えっ」と声を漏らした。

「どうしてそういうお話になるんですかねぇ？」

「わしの在楼中に起こった悪事を、このわしが暴かぬでなんとするッ」

出雲守は〝無駄な意気込み〟を見せている。多分、酔っているのに違いない。曲者への恐怖心を紛らわせるために盃を重ねているうちに悪酔いしてきて、一転して強気になったのだ。

酔っぱらいの戯言《ざれごと》だったとしても、言い出したのが老中であれば大変だ。皆、内心では（困ったなぁ）と思っていたであろうが、恐れ入って平伏した。

「そういうことでしたなら、何がなんでも下手人を見つけなくちゃならないですねえ」

卯之吉が呑気《のんき》に言って、それから、

「無理やりに仕立て上げてでも」

そう付け加えた。

龍涎堂が慌てて両手を振る。

「手前は、この離れ座敷から一歩も外に出てはおりませぬ……！　店の男衆や仲居が証人にございますッ」

出雲守が女将と番頭に質《ただ》す。

「この者の申すことはまことか？」

女将が答える。

「いつでも御用にお応えできるよう、渡り廊下のこちら側に男衆を配しておりましたので、人の出入りを見逃すことは、ございませぬ」

出雲守が首を傾けながら「しかしだぞ」と言った。

「わしの船が乗り上げて、庭中が大騒ぎとなった。我らを助けるために大勢が駆けつけて来たであろう。あの時、誰がどこで何をしていたのかなど、誰にもわかるまい」

「仰《おお》せのとおりにございます」

女将が認めた。番頭も首を横に振る。

「仰るとおりで、誰が『望江台』から出て行ったのかなど、見張るどころではございませんでした」

「つまり、その時であれば、曲者が逃げ出すことも、できなくはなかったわけだな」

出雲守が屏風の後ろに目を向けた。

「下手人は今もこの料理茶屋におる——というそのほうの物言いも、怪しくなってきたぞ」

「いいや、それがですね……」

卯之吉は出雲守の耳元に何事か囁いた。出雲守は「うむ」と頷いてから、顔を一同に向けた。

「皆の者に問う。豆吉が望江台に入ったのは、いつじゃ?」

生駒と龍涎堂が目と目を合わせる。言い澱《よど》む二人に代わって村田銕三郎が答えた。

「ご老中様のお船が遭難なされる、二分《にぶ》ほど前にございまする」

二分は、西洋時計の六分《ろつぷん》に相当する。

それを聞いた卯之吉はまた、出雲守に耳打ちした。出雲守は「うんうん」と頷いてから一同に問い直した。

「ということは六ツ半(午後七時ごろ)には確かに生きておったということになる。今、何時《なんどき》じゃ」

女将が答える。

「半刻(一時間)ほど前、五ツ(午後八時)の鐘が聞こえました」

「ということは——」卯之吉が出雲守を差し置いて嘴《くちばし》を挟《はさ》んだ。

「豆吉さんがこと切れてから、まだ一刻(約二時間)しか経っていないことになりますねぇ。それは変ですねえ。あのお人は死んでから、三刻(約六時間)は経ってますよ」

出雲守が振り返る。

「どうしてわかるのだ」

「まだ生きてるかもしれないと思って脈を取ったのですけどね、指が固まってました。手首も固まってた。肘《ひじ》も固かった。だけど肩までは固まっていなかった。人は死ぬと身体《からだ》が硬くなるものでしてね。指とか足の先から固まっていくんですよ。で、二日か三日経つと、また柔らかくなって、今度は腐りだす」

卯之吉は嬉々《きき》として講釈する。本当に楽しそうだ。皆、気色《きしょく》悪そうに顔をしかめて卯之吉を見たが、卯之吉はまったく気にしていない。

「あたしはこう見えても蘭方医学を齧《かじ》ったことがありましてね。人の身体については、ちょいと煩《うるさ》いんです」

生駒と龍涎堂と皆川屋は、卯之吉のことを辣腕《らつわん》同心だと思っているから、死体の見立てに長《た》けていても不思議だとは思わない。女将と番頭は、三国屋の若旦那が変なことにばかり詳しい酔狂者であると知っていた。

出雲守が眉根を寄せた。

「ということは、我らが船で乗り上げるよりずっと前に、豆吉なる芸者は殺されておったのか？」

「そういうことになるんですよねぇ」

「そりゃあ、ありえねえぞ」と村田が声を荒らげた。

「豆吉は、大波が起こるちょっと前まで、俺たちと、この座敷にいたんだ」

「確かですかね？」

卯之吉は生駒と龍涎堂に顔を向けた。生駒は仏頂面《ぶっちょうづら》で頷いた。龍涎堂は冷や汗を滲ませつつ、

「確かでございます」

と答えた。

番頭も証言する。

「大波の騒動が起こるちょっと前に、望江台に入《へえ》って行く芸者の姿を見やした」

村田銕三郎が「ふんっ」と鼻を鳴らした。そして卯之吉を睨みつけた。

「手前ぇの見立てなんざ、あてにはならねぇ」

「いえいえ。あたしの見立ては確かですよ。骸なら百を超える数を見てきましたし、いじってもきましたから。間違いございません」

卯之吉を人斬り同心だと信じている人々は、さもありなん、と納得している。

卯之吉は「ふふふ」と笑った。

「まったく不可解な話ですけどねぇ。でも、納得のいく解釈はあるんですよ。こう考えたらどうですかね。豆吉さんは二人いた」

生駒と龍涎堂がギョッとなったが、卯之吉は二人の表情の変化に気づいたかどうかはわからない。得々《とくとく》と語り続ける。

「あたしたちが船で乗り上げる寸前までこのお座敷にいて、三階櫓に向かった豆吉さんと、三刻前に殺された豆吉さん」

卯之吉は、村田と、生駒と、龍涎堂に笑顔を向ける。

「骸の面体《めんてい》を検《あらた》めていただけませんかね。こちらの座敷に侍っていた豆吉さんと骸が、本当に同じ人かどうかを確かめてほしいんですけど」

生駒が答える。

「暗い夜の座敷で、しかも白首《しろくび》（白粉《おしろい》を塗りたくった顔）だ。細かい人相など、見分けがつかぬ」

龍涎堂は懐紙《かいし》で額の汗を拭きながら低頭する。

「手前も同じでございます。……そもそも豆吉と手前は馴染《なじ》みではなく、近頃の評判の芸者だと聞いて座敷に呼んだだけでございまして」

「すると、豆吉さんのお顔を確かめることのできるお人は、この中にはいないってことですかね」

皆、一斉に頷いた。

卯之吉は「ふ〜ん」と言って、何事か思案する顔つきだ。

「あたしは、このお座敷にいた豆吉さんのほうが、贋者《にせもの》だったと思いますよ」

本多出雲守が質す。

「なぜそう言いきれる」

「だって、本物の豆吉さんだったのなら、三階櫓に入って、そこで骸を見たら、びっくりして騒ぐでしょう？　今頃はこの座敷で震えているはずですよ」

「なるほど。ここにいた芸者は、骸を残して姿を消したわけか。それは怪しい振《ふる》舞《ま》いだな。ならば、その女が下手人に相違ない」

「だとするとですねぇ、それもまた変なのですよ出雲守様。どうしてその悪女は、本物の豆吉さんを殺してすぐに逃げ出さずに、豆吉さんの代わりにこちらのお座敷を勤めあげたのでしょうね」

「お前はどう考えているのだ」

「豆吉さんが、ついさっきまで生きていたと思わせたかったんじゃないですかね。本当に殺されたのがいつなのかを誤魔化すために」

「なにゆえそのように面倒なことをせねばならんのだ。……ええい、まだるっこしい！」

本多出雲守が立ち上がった。

「骸は刃物で刺されておったのであろう。そうだなッ？」

村田銕三郎は「ハッ」と答えて低頭した。

「刀で首を切られ、胸を一突きにされておりました」

出雲守は「ならば」と続けた。

「皆の者、腰の刀を抜け」

皆は「は？」という顔をした。卯之吉は薄笑いを浮かべている。

「それは、どういうご思案でございますかねぇ？」

「知れたこと。殺した者の刀には血脂《ちあぶら》が残されておろう。刀を検《あらた》めればわかる」

「乱暴でございますねえ。お刀はお武家様の魂でございますよ」

このような無体《むたい》な物言いをされたならば、相手が老中であろうとも抵抗するのが武士だ。さもなくば武士の一分《いちぶん》が立たない。

ところが生駒が「仰せごもっとも」と頷いた。

「拙者とて、つまらぬ疑いを掛けられたままでは心外にござる。潔白《けっぱく》の証《あかし》を立てましょうぞ」

そう言うやいなや刀を鞘《さや》ごと腰帯から抜いた。

「ご存分にお検めを願いまする」

出雲守に向かって差し出して、畳に置いた。

「うむ」

出雲守は頷いたが、畳の上の刀を拾おうとはしない。

老中は従四位下《じゅしいげ》の官位を受けている。四位の公卿《くぎょう》は帝《みかど》への拝謁《はいえつ》が叶《かな》う。帝と会話を交わすこともできる。それほど偉い身分になると、畳の上の物を拾うことができないのだ。

出雲守は卯之吉に向かって「ん！」と言った。拾えと命じたのだが、卯之吉は察しが悪い。笑顔で「はい？」と首を傾げた。

「取れ」

卯之吉は笑った。

「出雲守様はびっくりするような横着者《おうちゃくもの》ですねえ。あたしもずいぶん横着ですけれど、さすがに自分で拾いますよ。はははは！」

「いいから拾え！」

老中だって、できれば自分で拾いたいのだ。偉い人はいちいち面倒なしきたりによって縛りつけられているのである。

卯之吉は「はい、どうぞ」と刀を拾って渡した。出雲守は刀をムンズと掴むと引き抜いた。

卯之吉は首をヒョイと伸ばして覗き込んだ。

「脂《あぶら》の曇《くも》りは、見られないようですねぇ」

「拭いたのかもわからぬぞ」

「拭いたぐらいでは、地鉄《じがね》に染み込んだ脂はそのまま残りますよ。研《と》ぎ師《し》が砥石《といし》で研がないと、肌目についた脂は取れないんです」

聞き齧《かじ》った豆知識を披露しただけなのだが、卯之吉は〝人斬り同心〟ということになっている。龍涎堂と皆川屋は、鬼を見たような顔をした。血脂に塗《まみ》れた刀を研ぎに出す人斬り同心の姿を想像したのだ。

「これで、そちら様のご嫌疑は晴れましたねぇ」

出雲守は「うむ」と頷いて刀を鞘に戻した。卯之吉は刀を受け取って、生駒の前に運んだ。生駒がムンズと受け取る。

続いて卯之吉はニコニコしながら村田の前に向かった。チョコンと座る。

「お刀、どうなさいます？」

村田は憎々しげに卯之吉を睨みつけてから、鞘ごと帯から抜いて突き出した。

卯之吉は受け取って、出雲守の許まで運んだ。

「さぁて、今度はどうですかねぇ？」

「うむ」

出雲守は刀の柄《つか》と鞘とを掴んだ。引き抜こうとする。

「むむっ……？」

「どうしましたかね」

「抜けぬぞ。否、抜ける。何かが引っかかっておるようだ」

息みながら刀を抜く。その両目が驚愕《きょうがく》に見開かれた。

「なんだこれは！」

卯之吉は軽薄に笑っている。

「おやおや。さすがは出雲守様でございますねえ。お見立てどおりに、血のついた刀が見つかりましたよ」

皆川屋と、女将、番頭が愕然《がくぜん》としている。生駒と龍涎堂は目と目を合わせて頷き交わした。

村田は思わず激昂《げつこう》した。

「馬鹿なッ」

すかさず生駒が叱りつける。

「控えよッ、ご老中様の御前なるぞッ」

出雲守は血刀を突き出す。

「これこそが動かぬ証《あかし》じゃ！　なんと申し開きするかッ」

「し、知り申さぬ……！」

「しらを切るかッ」

出雲守は卯之吉にキッと目を向けた。

「縄を掛けよ！」

卯之吉は自分の顔を指差してキョトンとした。

「あたしがですか？」

「他に誰がおるッ」

卯之吉の表向きの身分は同心なのだから、縄を掛ける人物としては相応《ふさわ》しいはずなのだが、その本性は遊び人だ。

卯之吉は同心でありながら一度も悪人に縄を掛けたことがない。

「仕方がありませんねえ」

卯之吉はこういう場面で『暫《しば》しのご再考を願いまする』などとは絶対に言わない。人に言われるがままに流されてしまう性格だ。

「女将さん、番頭さん、縄を持ってきてください」

「ふざけるなッ」

村田銕三郎は立ち上がった。

「ひゃあっ」

卯之吉は畳の上に転がった。どう見ても辣腕同心や剣豪の姿ではないのだが、皆、そんなことはどうでもいいぐらいに村田の振舞いに驚いた。

村田は窓の障子戸を破って外に出る。

「あっ、逃げた」

卯之吉が言う。村田は泥を撥《は》ねて逃げていく。そういう足音が聞こえる。庭の水は、走れるぐらいには引いていたらしい。

「真の下手人は、それがしが捕まえてご覧に入れまする!」

悔しそうな叫び声が聞こえてきた。すでにずいぶんと遠い。村田の足は速い。

第六章　裏街道

一

翌日、空は朝から綺麗《きれい》に晴れ上がっていた。

「そぉれ！　そぉれ！」と男たちの掛け声が聞こえる。木槌《きづち》を使う、コーン、コーンという音が連続していた。

卯之吉は望江台の二階座敷にいる。窓から外に目を向けると、庭で働く男たちがよく見えた。

皆で力を合わせて乗り上げた屋形船を引き下ろそうとしている。舳先《へさき》には太い綱が何本も掛けられ、船底にはコロとなる丸太が押し込まれようとしていた。木槌で叩いているのはこの丸太であった。

「難儀《なんぎ》なことだねぇ。これだけの船を川面《かわも》に戻すのは大変だよ」

今回の突発的な大水の原因が、上流の堰《せき》の決壊《けっかい》によるものだということは、すでに突き止められていた。幕府の役人は仕事熱心で、作事《さくじ》奉行が配下を率《ひき》いてすっ飛んで行ったのだ。

卯之吉はちょっと思案した。

「もう一回、大水《おおみず》を起こしたらいいんじゃないのかねぇ。そうすれば船はプカッと水に浮いて、川に流されていくだろうよ」

銀八は慌《あわ》てた。卯之吉には、非常識な発想を実現するだけの資金を持っている。

（本当に大水を起こされたりしたら大変でげす！）

「若旦那！　船のことはあちらにお任せして、あっしたちは殺しの詮議《せんぎ》をいたしましょう！」

卯之吉は「ふふふ」と笑った。

「お前も熱が入っているねぇ。お奉行所の仕事が板についてきたってことかい？　あたしは人殺しになんか関わりたくはないよ」

いろいろな意味で（なにを言ってるんだ）と言い返したい。

卯之吉は言葉とは裏腹に、いそいそと、殺しの現場を調べ始めた。

すでに骸《むくろ》は運び出されている。血を吸った畳だけが残されていた。窓はすべて開け放たれているが血臭が凄《すさ》まじい。蘭方医《らんぽうい》の修業で慣れている卯之吉は平然としているが、銀八は目を回しそうだ。

それでも銀八は卯之吉の傍《そば》から離れることができない。

この店の女将《おかみ》たちは〝三国屋の若旦那としての卯之吉〟を知っている。この料理茶屋ではあくまでも放蕩《ほうとう》息子として振る舞わなければならないわけだが、そんな気配りのできる卯之吉ではない。銀八がいちいちその場を取り繕《つくろ》わなければならない。

（つらい……。つらいでげす……）

気を張っているうえにこの悪臭だ。気が遠くなりそうだ。

卯之吉は「ふむふむ」と言いながら、嬉しそうに検《あらた》め続けた。

「よし、ここはもういいね。上に行こう」

二階座敷を出て階段を上がる。三階に上がると空気が変わって、銀八もホッと息をつくことができた。

三階も窓は開け放たれていた。望江台とはよくぞ名付けたものだ。江戸の町や大川の川筋が一望できる。

卯之吉が調べ物をしている間、銀八はすることがない。町の様子を遠望した。江戸城の白い櫓《やぐら》の向こうには富士の高嶺《たかね》が見える。早くも雪をかぶっていた。

遠くの町の人々が蟻《あり》のように小さく見える。銀八は溜め息をついた。

「村田の旦那は、どこへ行っちまったんでしょうねえ」

「さぁてねぇ」

「本当に旦那が殺しちゃったんでしょうかね」

「いいや、違うよ」

「えっ。だって若旦那は、村田の旦那にお縄を掛けようと――」

「それは出雲守様が、そうお命じになったからだよ。あのお方もとんだ早とちりだねぇ。村田さんのお刀に血がついていたからって、それだけで下手人《げしゅにん》扱いなんてねぇ。無茶すぎるよ」

「じゃあ、他に下手人がいるってんでげすか」

「そうだよ。豆吉さんのふりをしていたお人がいなくなっちゃったじゃないか。逃げたわけだろう？　そっちのほうがずっと怪しいよ」

卯之吉は欄干《らんかん》の手すりに腰掛けて、大川からの風に吹かれている。

「贋者《にせもの》の豆吉さんは、立派にお座敷を勤め上げた。自分こそが本物の豆吉さんだと信じ込ませるためだ。そしてこの望江台に入って『曲者《くせもの》がいる』って騒ぎだした。誰かが駆けつけてくれるのを待つためだよね」

「誰が駆けつけてくるんですかね」

「そりゃあ真っ先に村田さんだよ。あの人はそういうお人だから。そして村田さんのお刀には血がついてた。村田さんが曲者と間違えて豆吉さんを殺した——ってことにするつもりだったのかねぇ？　ともあれ村田さんを下手人に仕立て上げる策は万全だったはずだけど……、あたしたちの船が突っ込んできて、村田さんはこの三階櫓には足を向けずに、船に掛かりきりとなった」

「はぁ？」

「村田さんが殺したはずの骸に村田さんは近づいてもいないよね。ということは村田さんが下手人のはずがないんだよ」

卯之吉は「ふふふ」と笑った。

「〝村田さんしか下手人たり得る人物はいない〟と証明するための仕掛けの数々が、逆に村田さんの無実を証明しているのさ……。さぁて」

卯之吉は首をよじって窓の外に目を向けた。

「贋者の豆吉さんは、どこからどうやって出て行ったのかねぇ?」

「船の騒動に紛れて逃げたんじゃないんでげすか」

「そうじゃないだろう。贋者の豆吉さんにとって船の騒ぎは〝起こるはずじゃな
かった珍事〟だよ。何か上手に逃げ果《おお》せる手筈《てはず》を整えていたはずさ」

卯之吉は、手すりを撫《な》でた。

卯之吉と銀八は通りを歩いている。

「ですがね、若旦那。村田の旦那のお刀には血がついてたんでげすよ」

「きっと野良犬でも斬ったんだろうさ。あのお人は気が短いから」

卯之吉は南町奉行所に戻ってきた。その門前が騒然となっているので足を止めた。

大勢の同心たちが血相を変えて門を出たり入ったりしている。迂闊《うかつ》に門をくぐろうとすれば、出てくる同心とぶつかって弾き飛ばされてしまう。

「剣呑《けんのん》だねえ。近寄らないほうがいいね」

卯之吉は門から離れようとして、ちょっと思案して足を止めると、門番に歩み寄った。

「ちょっと頼みたいんだけどね。もしも荒海の親分さんがやってきたら、あたしは二丁町の座元《ざもと》のところにいると伝えておくれな。それと、急ぎの用があるから、そっちに来てくれるように頼んでおくれ」

きっちりと門番にも銭を握らせる。門番は（この旦那は本当に変な奴《やつ》だ）と思っていたが、大金の小遣いを頂戴《ちょうだい》できるぶんには文句はない。

「承知いたしました」

と答えた。

「それじゃあ行くよ、銀八」

「へいへい。今度はお芝居見物でげすね。二丁町には今、どんな演目が掛かってるんでげしたかねぇ」

「ははは。そんなことも知らないようで幇間《ほうかん》が務まるのかい」

二人は遊び人と太鼓持ちになりきって歩き去る。門番はますます怪訝《けげん》な顔つきだ。

二丁町に建つ芝居茶屋の座敷で、卯之吉は座元と対面した。

座元は卯之吉のことを三国屋の放蕩息子で、歌舞伎興行の金主《きんしゅ》にもなってくれる粋人《すいじん》だと思っている。

卯之吉も芝居の町に来るのに、野暮《やぼ》な同心の格好では来ない。わざわざ粋な身《み》形《なり》に着替えてきた。

「……高い所から飛び下りても怪我をしない役者、ですか」

座元は卯之吉に問われて首を傾《かし》げている。卯之吉は興味津々《しんしん》という顔つきで、身を乗り出して、答えを待っている。

「そう。それでいて芝居の巧者《こうしゃ》でもあるお人だよ」

「歌舞伎にも〝宙乗り〟ってぇ演目がございますが、それは仕掛けで天井から吊るしてるんです。お客は〝見えなかったこと〟にしてくださるが、実際には役者を吊る仕掛けが見えておりやす」

「あたしが捜しているお人がどういう仕掛けかを使って宙を移動したかは見当がついてる。三階の欄干の手すりから縄を張って、そこを伝《つた》って逃げたんだよ」

すると、廊下にいた銀八が首を傾げた。

「そんな綱なんか、どこにも残ってなかったでげすよ」

「そりゃ簡単だよ。縄を二つ折りにして欄干の柱に通して、二本になった縄の端を下に垂らす。三階から下りて縄が用済みになったら、片側だけを引っ張ってやれば、縄を回収できるよね」

「でげすが、庭は見張られていたし、船が乗り上げてからは大騒動でしたでげすよ。そんな最中に綱渡りをしたら、人目につくんじゃあねえでげすか？」

「欄干の縄の痕《あと》は川に向かって延びてた。仲間が舟で待ち構えていて、縄の先を持っていたのに違いないね。その小舟で逃げたのさ」

「あの大波の中、小舟まで縄を伝うのは無理じゃねえでげすか」

「大波が来る前に逃げ出していたと考えられるよ。縄も綺麗に回収されてるんだから、ギリギリ間に合ったんだろうね」

　座元にはなんの話をしているのかがわからない。先の問いに答えた。

「綱渡りだの、高い所から飛び下りるだのというのは、歌舞伎役者のやることじゃあござんせんな。軽業師《かるわざし》の小屋をお当たりなさい」

「やっぱり軽業かね」

　ちょっと考えてから卯之吉は別のことを訊《き》いた。

「そう言えば、女軽業師が宮地《みやち》芝居の舞台に上がってたよね。あたしも見に行ったけどね。あの後、その話はどうなったのかねぇ？」

「もちろん詮議をお願いしておりますが、今月の月番は北町様で、どうにも埒《らち》があきません。由利之丞がどういうわけでか南町の八巻様と親しくさせていただいてるってんで、その伝《つて》で取り締まりを願っておりやす」

そう言ってから座元は首を傾げた。

「そういえば由利之丞は、若旦那のご贔屓《ひいき》でもありましたね。不思議な男だ。妙なところにご贔屓がつく」

「女軽業師の居場所は、わかっていないのかねぇ」

「ここ数日、急に大人《おとな》しくなりました」

そこへ芝居茶屋の主がやってきた。廊下に膝を揃えて一礼する。

「荒海一家の親分さんがお見えですが……」

「ああ、あたしが呼んだんだよ。それじゃあ迎えが来たからあたしはこれで。もしも女軽業師の居場所がわかったら、三国屋……じゃまずいな。荒海一家まで報《しら》せておくれな。すぐにあたしの耳に届くようにしておくから」

「性悪女と面倒なことになっていなさるのですかい」

軽業女が放蕩者の卯之吉にたかっているのか——と、座元は考えたのだ。世間によくある話である。

「なんでしたなら二丁町からも男衆を出します。質《たち》の悪いのを懲《こ》らしめるのに慣れている奴がおりますよ」

「お気持ちだけ、ありがたく受け取らせていただくよ。乱暴なのは荒海一家だけで十分」

卯之吉は微笑《びしよう》しながら腰を上げた。

外に出ると、三右衛門が子分衆を十人ばかり引き連れて待っていた。ヤクザ者の出現に芝居見物の娘たちが怯《おび》えている。

一方の卯之吉は邪気のない笑顔だ。

「やあ皆さん、無事に江戸に戻ったみたいだねぇ。戸田の河岸で別れた後であの大水だろう？　波に飲まれちゃいないかと心配したよ」

卯之吉はほんの軽い気持ちで言ったのだが、言われたほうの三右衛門は感激した。

「旦那が……、オイラの身を案じてくださったんですかい……」

感涙で目を真っ赤にさせている。

（いつもながら親分さんの男気はおおげさでげす）

銀八は呆《あき》れた。

「さて、捕り物だよ。今回ばかりは急がなくちゃいけない。女軽業師を追うんだ。由利之丞さんが先に追ってるはずだけどね」

三右衛門は涙を拳《こぶし》で拭《ぬぐ》って勇み立った。

「任せてやっておくんなせぇ！　街道筋の兄弟分に回状《かいじょう》を出しておりやす！　旅芸人は俠客《きょうかく》の手を借りなくちゃ旅ができねぇ。すぐにも居場所を突き止めてご覧にいれやすぜ！」

「頼もしいねえ」

「頼もしい……。旦那が、オイラを頼みとしてくださっている……」

またしても感極まっている。

（どうしてこの親分さんは、若旦那のことが、こんなにもお好きなんでげすかねえ？）

銀八はますます呆れた。

二

中山道の脇街道が田圃《たんぼ》の中を延びている。ほとんど畦道《あぜみち》も同然だ。地元の百姓たちが利用している。

五街道は大名行列や朝廷の公卿《くぎょう》も通行した。肥《こえ》などを運ぶことに制限が課せられる時がある。だから農作業に使う裏道が必要なのであった。

その裏道は〝表立って街道を旅できない者たち〟にとっては〝裏街道〟となる。

全身泥だらけの大男がヨタヨタと歩いてきた。

疲労困憊《こんぱい》しきっている。髷《まげ》も泥に塗《まみ》れ、顔には乾いた川砂がこびりついていた。

男は顔を上げて脇街道の先に目を向けた。そして、着物から泥を飛び散らしながら走りだした。

行く手には旅装の女がいた。笠を被《かぶ》り、埃除《ほこりよ》けの浴衣《ゆかた》を羽織って、長い杖《つえ》を手にしている。周囲を十人ほどの、目つきの悪い男たちが守っていた。

男たちは突然に駆け寄ってきた泥坊主を警戒して女の前に出た。迎え撃とうという陣形だ。その振舞いにはまったく隙《すき》がなく、喧嘩《けんか》慣れしていることを窺《うかが》わせる。

泥だらけの男は手を振った。

「俺だ。牛次郎だ！」

女が前に出てくる。ちょっと笠に指をやって持ち上げ、素顔を晒《さら》した。

お節であった。

牛次郎はお節の前に駆け寄ろうとして、無様《ぶざま》にもへたり込んだ。

「お前ぇたちが進むこの先には、南町の八巻がいる……！表街道を行っちゃあならねぇ」

お節は無言だ。鋭い目で牛次郎を見ている。代わりに一人の男が、

「なんだって！」

血相を変えて踏み出してきて、牛次郎の前に屈《かが》み込んだ。名を伝十《でんじゅう》といって、轡屋庄五郎の手下である。牛次郎とは顔なじみだ。

「牛公、手前ぇ、その姿はなんなんでぇ」

「や、八巻にやられた……。与吉も、鉄砲撃ちの二人も、浪人の先生方三人も、みんな返り討ちにされちまった！　オイラだけが命からがら逃げてきたんだ」

用水池の決壊で発生した濁流《だくりゅう》の中から、奇跡的に脱出できたのである。しかし全身は泥だらけのずぶ濡れ。低体温と極度の疲労で失神寸前だ。

惨《みじ》めな姿が〝八巻同心の恐ろしさ〟を証明している——ように見える。元締《もとじめ》が用意した殺し屋たちを一人残らず退治して、牛次郎までこんな姿に変えてしまうとは。

お節は「ふん」と鼻を鳴らした。

「表街道は見張られていたようだね。やはり裏街道を通ってよかった」

伝十は「へい」と答えて同意する。

「大宮宿《おおみやしゅく》まで辿《たど》りつけば、なんとかなりやす。氷川《ひかわ》神社の御門前を仕切る親分さんが匿《かくま》ってくれる手筈となっておりやす」

氷川神社は武蔵国の一宮《いちのみや》で、大宮とも呼ばれる。中山道の大宮宿は参拝客のための旅籠街《はたごがい》でもあった。

「八巻は町方同心だ。神社の境内では捕り物はできねぇですぜ」

お節たちは板橋の宿を出たばかりだ。次の宿場は蕨。蕨宿の次が浦和宿《うらわしゅく》。その次が大宮宿。渡世人《とせいにん》の早足ならば二刻（四時間）で到達できる。

「急ぐよ」

お節が命じて、男たちが「へいッ」と太い声で応えた。

由利之丞はガツガツと飯を貪《むさぼ》り食っている。

こちらも出水《でみず》の騒動から逃げてきた。ようやく蕨宿まで辿りつき、飯屋で腹ごしらえをしている。

宿場の通りでは大勢の男たちが集まって、戸田の河岸に駆けつけようとしていた。

「よくも飯なんぞ食っていられるな」

水谷弥五郎が呆れ顔で見ている。

「あれだけの大事をしでかしておきながら」

「オイラのやったことじゃないよ。オイラを……じゃない、若旦那を殺そうとした悪党たちがしでかしたことさ」

由利之丞は沢庵《たくあん》をポリポリと嚙《か》みながら茶を飯にかけた。サラサラと喉《のど》に流し込む。水谷は江戸のある方角に目を向けている。

「誰のせいであろうとも、下流の江戸は大変なことになっているはずだ」

蕨の宿場に集められたこの大人数も、決壊した堤を築き直すためのものであったのだ。

荒海一家の寅三が入ってきた。

「ここにいやがったのか。ああ、水谷先生も」

由利之丞は口をモグモグさせながら訊いた。

「兄《あに》ぃも飯を食いにきたのかい」

「口の中に物を入れながら喋《しゃべ》るんじゃねぇ。汚ねぇじゃねぇか」

ヤクザ者に行儀の悪さを叱られるぐらいだから、由利之丞の育ちの悪さは半端《はんぱ》ではない。

「街道筋の親分さんから報せがあった。女芸人は昨日まで江戸に潜《ひそ》んでいやがったらしい。今日、板橋の宿を抜けたらしいぜ」

「なんだって！　それじゃあオイラたちの苦労はなんだったんだい。昨日なんか、一日中歩き回ったのに！」

「悪党に騙《だま》されて、闇討《やみう》ちするのに好都合な場所に引っ張り出されて行ったんだろ？　嘘を見抜けなかった手前《てめ》ぇが悪い」

「それで、今度はオイラに何をさせようっての？」

この物言いに寅三の面相が殺気立った。

慌てて水谷が間《とが》に入った。

「女芸人を咎めに行くのはお前の役目だ。荒海一家と宿場の博徒たちは、お前のために手を貸してくれておるのだぞ。きっちりと務めを果たさねばならん」

「ああ……うん。座元様からも駄賃《だちん》がたっぷり出るといいけどねぇ」

自分の取り分を、荒海一家や博徒たちに分けてやるのは面白《おもしろ》くない、という顔つきで、由利之丞は立ち上がった。

「するってぇと、その女軽業師を捕まえて悪事を白状させねぇと、南町の村田銕三郎が死罪になるんですかえ」

卯之吉を乗せた駕籠《かご》の横を三右衛門が走っている。

「それなら、村田が殺されるのを待ってから、女を捕まえたほうがいいんじゃねぇんですかい」

卯之吉は高らかに笑った。

「それは良いことを思いついたものだねぇ」

ここで呆れかえるのは銀八の役目なのだが、銀八は一行の足の速さについてゆけない。街道のはるか後ろをヨタヨタと走っている。

「ですがね、旦那」

三右衛門は首を傾げた。

「旦那のお見立てにケチをつけるつもりは毛頭《もうとう》ござんせんが、なんだってその女軽業師こそが〝豆吉〟だと当たりをつけなすったんで？」

「辰巳《たつみ》芸者になりきる芝居と、綱渡り。どっちも素人《しろうと》にはできない芸事だよ。両方できそうなお人は評判の女役者しかいない。そう思ったからさ、当たってみた。案の定、ここ数日、何をしていたのかがわからない。旅芸人さんが、その居場所もわからないってのは、おかしいよね」

「ありえねぇ。軽業は盗《ぬす》っ人《と》の技にもなる。だからこそ軽業師たちは自《みずか》ら厳しい掟《おきて》を守ってまさぁ。親方が子方《こかた》に目を光らせて、間違っても悪党一味なんかに加わらないように見張ってるんでがす」

「江戸で興行するってのなら、興行主の親方の目の届くところにいなくちゃいけない」

「そうでがす。さすがは旦那だ。いかにも怪しい女狐《めぎつね》ですぜ！」

「ともあれ、その女軽業師を見つけ出そうよ。仮に、豆吉さん殺しの下手人じゃなかったとしても、法度《はっと》や仁義を守っていないことは確かなんだからね」

「へいっ、きつく叱ってやりまさぁ！」

その時、街道の先から一家の若い者が走ってきた。三右衛門がしたためた回状を持って、先駆けをしていた子分だ。

卯之吉は駕籠を止めさせた。若い者は息を切らせながら腰を屈めた。

「旦那ッ、親分！　報せが入《へえ》りやした！　女軽業師は裏街道を使って北に向かっておりやす！　そろそろ蕨に入る頃合いだ」

「よしっ、引っ捕らえてくれるぜ！　野郎どもッ、抜かるなよッ」

三右衛門が気合を入れる。子分たちも「へいッ」と応《こた》えて勇み立った。

「皆さん、働き者だねぇ」

卯之吉はまったくの他人事《ひとごと》のような顔つきだ。


「おい、もっと早く歩けねえのか」

寅三が険《けわ》しい面相で振り返った。

由利之丞が頼りない足どりで畦道を辿っている。

歪《ゆが》めた顔の全体で（疲れた）（もうウンザリだ）と訴えていた。

ヤクザ者の〃男伊達《だて》〃を一言で要約すれば〃痩せ我慢〃だ。辛くても痛くても悲しくても堪《こら》える。顔には出さない。それが男の生き様だと信じている。

由利之丞のように、辛さを顔に出す男がもっとも軽蔑《けいべつ》される。それが、ヤクザの世界なのだ。

由利之丞は恥知らずにも、泣き言まで漏らし始めた。

「なんなんだいこの道は。歩きづらくってしょうがないよ。表街道に戻ろうよ」

畦道は畑の土と同じだ。江戸者にとっては難儀《なんぎ》である。

水谷が面倒臭そうな顔で愚痴《ぐち》に答える。

「寅三の話を聞いていなかったのか。目指す女は脇街道に入ったのだ。我らが本街道を進んで行ったら、行き違いになる」

「もう疲れたよ。茶店もないじゃないか！　田圃と畑ばっかりだ」

農道に茶店などあるはずがない。仮にあったとしても、一休みなどしている場合ではない。

「おい、人が走って来たぞ。シャンとしろ」

博徒風の男がやって来て、寅三の顔を見定めた。

「寅三兄ィ」

寅三も頷《うなず》き返す。顔見知りであるようだ。

その男は由利之丞の前で蹲踞《そんきょ》して低頭した。

「南町の八巻様とお見受けいたしやす。あっしは浦和宿の雁太郎《がんたろう》一家の者にござんす。お尋ねの女狐についてご注進に参じやした。どうやら氷川神社へ向かってるようですぜ」

「おう、ご苦労！」

由利之丞は即座に同心芝居に入った。今までの情けない姿はどこへやら。キリッと凜々《りり》しい見得《みえ》を切って、水谷弥五郎と寅三を愕然《がくぜん》とさせた。

「たかが女芸人をとっちめるのに浦和の雁太郎一家が乗り出したとあっちゃあ、とんだ役足らずで業腹《ごうはら》だろうが、それもこれもお上の法度を守るためだ。あとひと踏ん張りしてくれぃ」

「滅相もねぇお言葉でござんす。雁太郎が聞いたら、さぞ喜ぶこってしょう。しかしですがね、旦那」

「なんでぃ」

「ありゃあ、ただの女軽業師だとは思われねぇ。目つきの悪《わり》ィ油断のならねぇ物腰の男衆が十人ばかりで守っておりやすぜ」

「なんだって」

思わず由利之丞は水谷弥五郎に〝助けを求める目〟を向けた。同心芝居などあったものではない。臆病な本性が丸出しだ。

ボロが出ないうちに、と考えたのか、寅三が、

「話は飲みこんだ。旦那が退治してくれるから心配《しんぺ》ぇいらねぇ。雁太郎親分には、よろしく伝えてくれ」

そう言って追い払った。

男が遠くへ走り去るのを確かめてから、由利之丞が癇癪《かんしゃく》を起こし始めた。

「なんてことを言ってくれたんだよ！」

寅三が眉《まゆ》をしかめる。

「八巻ノ旦那の名を騙《かた》ったのは手前ぇじゃねぇか。悪党がいると知って逃げ出す旦那だとでも思ってるのか」

逃げ出しはしないだろう。今宵の宴会のことで頭が一杯で、悪党から逃げる算段などまったくしないのが卯之吉だ。

由利之丞はそう思ったけれども、今はそんなことを言っている場合ではない。

水谷弥五郎の袖を引いてコソコソと囁《ささや》きかける。

「弥五さん、どうしよう」

「八巻氏《うじ》のふりをしてしまったのだから、逃げることはできんぞ」

「だからって強面《こわもて》の男が十人もいる中に突っ込んで行けるもんか」

「女軽業師を詮議しないことには、座元から褒美《ほうび》の銭が出ない。強面の男たちの正体が何かはわからんが、わしと寅三がなんとかするから大丈夫だ」

「でもなぁ」

「江戸を出てから三日も歩き通しで、銭も得られず帰るわけにはゆかんであろうが」

先に進んでいた寅三が、

「なにしてるんでぃ。急ぐんだぜ」

と、畦道の先で叫んだ。

三

お節と悪党たちは裏街道の細道を突き進んでいる。しばらく行くと、またしても牛次郎が駆けてきた。一行から離れて物見に出ていたのだ。

「板橋のほうから、荒海ノ三右衛門が子分衆を引き連れてやってきましたぜ!」

伝十が眉根を寄せた。

「三右衛門だと? すると、その中に八巻がいるってのか」

三右衛門は八巻同心を慕っている。まるで恋人のようにくっついて離れない。

八巻のいるところに三右衛門がいる。

八巻同心は蕨宿にいたはずなのに、どういうことであろうか。

「どうやら、どこかで追い越したようだな」

こちらは脇街道や畦道を縫って進んでいるのであるから、ありえない話ではない。伝十はお節に顔を向けた。

「好都合でさぁ。このまま進むといたしやしょう」

お節は不敵な顔つきで頷いた。

相手が名にし負う八巻同心とはいえ、こちらも悪名の高い凶徒たちばかりだ。八巻の追跡を振りきる自信はあった。


由利之丞たちは曲がりくねった脇街道を歩いている。

「疲れたよ。腹も減った。もう歩けないよ」

由利之丞は相も変わらず泣き言ばかり漏らしている。由利之丞は大食漢《たいしょくかん》の腹減らしで、空腹になると身体《からだ》の力が抜けてしまうのだ。

「あっ、見てよ弥五さん。茶店がある。あそこで団子でも食わしてもらおう」

フラフラと歩み寄って行って、腰掛けにドッカリと座った。

「へい、いらっしゃい……」

出てきた老翁《ろうおう》が目を泳がせた。ヤクザ者の寅三と、ヤクザの用心棒にしか見えない水谷弥五郎が立っていたからだろうか。由利之丞は噴き出しそうになった。

（茶店の親仁《おやじ》の癖《くせ》に、渡世人や浪人に怯えるなんてなぁ）

百姓仕事を隠居してから、老後の暇《ひま》つぶしに茶店を始めたのかもしれない。

「心配しないでいいぜ。こう見えてもコイツらはお上の手先だ。爺《じい》さん、江戸で有名な八巻サマの噂は知ってるだろう？　その八巻サマってのはオイラのことさ」

「ええっ、あなた様が、噂に名高い……」

「団子はあるかい。一皿頼むよ」

「へ、へいっ」

老翁は裏に引っ込んだ。

水谷弥五郎は眉根を寄せた。

「いい加減にせんと、そのうち大変なことになるぞ」

「しょうがないよ。オイラには持ち合わせがない。御用旅のふりでもしないとタダでは飲み食いできないよ」

「踏み倒す気か！」

その時、寅三が皮肉げに鼻を鳴らした。

「八巻様、どうやら出番ですぜ。人相の悪《わり》ぃのがこっちぃ、やって参《め》ぇりやす」

「えっ……？」

「先頭を歩いてるのがお節のようですぜ。聞かされた人相にそっくりだ」

由利之丞は愕然として立ち上がり、歩んでくる行列を見た。凶悪な面相が揃っている。

焼けた団子を手にした老翁が出てきて、その団子を落とした。何を思ったのか、行列に向かって走り出した。

「八巻だぞッ、八巻がここにいるッ」

寅三が舌打ちした。

「ジジイめ、悪党の手先だったのか！　道理で妙な所に茶店があると思ったぜ」

由利之丞は驚いて、横に立つ水谷弥五郎に「どういうこと？」と訊いた。

「悪党の一味が裏街道を見張るために建てた小屋だったのだ。おい、それは食わぬほうがよい」

由利之丞が団子を拾い上げたのを見て、注意する。

「きっと毒が入っておる」

「ひえっ、そんな物を食わされたら死んじまうじゃないか」

「悪党に斬られても、死ぬぞ」

「来やがった！」

寅三が長脇差を引き抜いた。水谷も袴を鳴らして前に走る。

「オ、オイラは……どうすりゃいいんだよ！」

エッホ、エッホと駕籠が走ってくる。駕籠の前を行くのは三右衛門だ。駕籠の後ろには一家の子分衆が十人ばかり、ゾロゾロと従っていた。

「おいっ、ありゃあ、いったいなんの騒ぎだ」

三右衛門は田畑の彼方《かなた》を指差した。

関東の平野はとにかく広くて平らである。半里も先の騒動も見て取れる。しかしながら三右衛門は加齢で視力が落ちている。若くて目の良い子分が呼ばれて目を凝らした。

「喧嘩《けんか》をしてるみてぇだ。組んずほぐれつしてますぜ」

三右衛門は「よしっ」と頷いた。

「回状を読んだ街道筋の兄弟分が、お尋ね者のお節を捕まえようとしているのかもしれねぇ。野郎ども、駆けるぞ！」

子分衆が「へいっ」と答える。今までだって走っていたのだが、さらに走る速度を上げた。

「皆さん張り切っていなさるねぇ」

誰のために張り切っているのか、理解しようともせずに卯之吉は言った。

駕籠かきは息を切らせている。

「旦那ッ、あっしらにはついて行けねぇッ」

走るのが商売だが、駕籠と卯之吉を担《かつ》いでいる。

「うん、かまわないよ。ゆるゆるとやっておくれな」

卯之吉はのんびりと答えた。


三右衛門たちは砂塵《さじん》を巻き上げながら走る。問題の喧騒《けんそう》に、見る見るうちに近づいた。

「寅三じゃねぇかッ。それに水谷先生も！」

掘っ建て小屋の前で寅三と水谷が戦っている。二人が振るう白刃《はくじん》が、ギラリ、ギラリと光って見えた。

二人を取り巻く謎の集団も長脇差や匕首《あいくち》を抜いている。

「この野郎ッ。いってぇどういう了見で、俺の子分をいたぶっていやがるッ」

三右衛門は激怒した。被っていた笠と合羽《カッパ》を脱ぎ捨てる。子分たちも一斉に倣《なら》った。初冬の空に三度笠《さんどがさ》が飛んだ。

由利之丞が小屋の陰からヒョイと首を出す。

「あっ、親分だ！　親分ッ、こいつらが御法度の女軽業師一味だよッ」

「ようし、承知だ！　やいやい悪党どもッ、このオイラが南町の八巻様の一ノ子分、荒海ノ三右衛門だッ！　神妙にしやがれッ」

悪党たちはギョッとして振り返った。走り来る荒海一家を認めた。

しかしそれで恐れ入って観念するような連中ではない。由利之丞に殺到する。

せっかく隠れていたのに、喜んで騒いだせいで、見つかってしまった。

「ひいっ、勘弁してくれよッ」

由利之丞は泥田の中を逃げ回った。

荒海一家が乱戦に突入してきたことで、防戦一方だった寅三と水谷弥五郎が逆襲に転じた。

「ドワーッ！」

太い声を張り上げて水谷が刀を振るう。牛次郎は長脇差で受けたが、水谷の斬撃の重さに握力が堪《こら》えきれない。長脇差を叩き落とされた。

水谷が睨《にら》みつける。

「貴様は、我らを騙した道案内だな！」

峰を返すとボコッと打った。打たれた肩の骨が砕けた。牛次郎は「ギャッ」と叫んで昏倒《こんとう》した。

寅三は伝十と斬り結んでいる。鍔迫《つばぜ》り合《あ》いでギリギリと刃を削りながら圧《お》しあっていたが、寅三はサッと体《たい》をかわして伝十に蹈鞴《たたら》を踏ませ、さらに長い足で相手の脛《すね》を蹴った。

足を払われた伝十が倒れる。寅三はさらにきつい蹴りを伝十の腹に叩き込んだ。

荒海一家と悪党たちの乱闘は続く。三右衛門がお節の前に立ちはだかった。

「やいッ、女狐！　もう逃れられやしねぇぞッ、大人しくしやがれッ」

お節は「ふん」と鼻を鳴らした。

「これはいったいなんの御詮議ですのさ。確かに手前は、お上の禁制に触れて、男芝居の舞台に上がった女芸人にございます。お叱りは甘んじて受けましょうけれども、せいぜいが手鎖《てぐさり》三十日の罪。しかもお上を憚《はばか》って、自ら江戸を離れようっていう最中でございます。この捕り物は、あまりにおおげさじゃあござんせんか」

のうのうと言ってのけた。三右衛門は頭から湯気を立てた。

「しらばっくれるんじゃねぇッ。天竺楼での芸者殺しに手前ぇが関わってるってこたぁ、先刻承知だ！」

「なんのお話でございましょう」

「八巻ノ旦那の目からは逃れられねぇぞ！　手前ぇがどうやって悪事をなしたか、旦那は全部、お見通しなんでい！」

そこへ駕籠がようやく到着した。庄五郎の手下たちはあらかた叩きのめされて、地面に倒れている。

卯之吉はヒョイと駕籠から降り立った。

「お節さんですね？　荷物を検めさせていただきますよ。軽業の綱渡りに使う綱があるでしょう。軽業での滑り止めに、松脂《まつやに》が塗ってあるはずだ。天竺楼の三階の欄干に残されていた縄目の痕《あと》にも松脂がついてましたからね」

卯之吉は「ふふふ」と笑った。

「欄干に残っていた縄目の痕と、あなたがお持ちの縄の縄目を比べれば、同じものだとすぐに知れるはずですよ」

「そんなものが証拠になるもんかい！」

「村田様にあなた様の面通しもさせます。ああ見えてあの人は目敏《めざと》いですから、あなたの指の形とか、爪の形とか、きっと覚えてますよ」

卯之吉の喋り方は——緊張した場面では——人を苛立《いらだ》たせる。

お節は叫んだ。

「あんたはなんなんだい！　好き勝手な物言いをしやがって！」

今の卯之吉は、同心の格好もしていない。放蕩者の若旦那の姿だ。

「馬鹿野郎ッ」

三右衛門が叫んだ。

「こちらが江戸一番の同心様との呼び声も高い、南町の八巻様でぃ！」

「なんだって？　じゃあ、あっちのは」

無様に逃げ回って泥だらけの由利之丞に目を向ける。三右衛門が得意げに鼻の穴を大きく広げた。

「あっちのは替え玉よ。手前ぇたち悪党の目を引くためのな！　旦那の策にまんまと引っかかりやがったな、この悪党！　手前ぇたちがあいつを旦那だと思い込んでたその隙《すき》に、本物の旦那は着々と、手前ぇらの悪事の証拠を探っていなすったんだぜ！」

お節はキリキリと歯嚙みした。卯之吉を睨みつける。

卯之吉はヘラヘラと緊張感のない笑顔で応じた。

「それじゃあ話していただきましょうか。あなたは村田さんに芸者殺しの罪を擦《なす》り付けようとしたみたいですけれど、どうしてそんな面倒な事をなすったんでしょうかねぇ？　誰かに頼まれたんですかね？」

「八巻氏ッ、危ないッ」

水谷弥五郎が横っ飛びして卯之吉の胴を抱えると、そのまま押し倒した。

鉄砲を撃つ音が聞こえた。荒海一家の者たちが一斉に身を低くする。

お節の胸で真っ赤な血が弾けた。

水谷が叫んだ。

「しまった！　狙いはこの女狐だったか！」

彼方に人の姿が見えた。鉄砲を放り出して逃げていく。

「畜生《ちくしよう》ッ、口封じか！　野郎ども、あいつをとっ捕まえろッ」

三右衛門が激怒する。子分衆が走って追った。

曲者は隠してあった小舟に飛び乗ると、川の流れに乗って逃げていく。舟の用意のない荒海一家には、追いかけることはできなかった。

寅三と水谷が、曲者たちを縛りつけている。由利之丞は近在の百姓の家を回って荒縄を集めた。

卯之吉は痛ましそうにお節の死体を見下ろした。

「なんてことだろうねぇ」

あらかた縄を掛け終えた三右衛門が駆け寄ってきた。

「村田銕三郎を罠《わな》に嵌《は》めた企《たくら》みを、暴くことが難しくなりやした」

「あれっ、そう？」

そんなことはまったく考えてもいなかった。

偶然から芸者殺しに関わって、面白半分どころか〝面白全部〟で夢中になっていたわけだが、

（まさか口封じで殺されちまうなんてねぇ……。哀れなことをしたよ）

卯之吉が顔をしかめたのを見て、三右衛門はまた何か誤解をしたようだ。

「捕まえた下っぱどもを厳しく締め上げて、裏で糸を引いてる奴の名を白状させてやりまさぁ」

「うん……。でも、それは吟味方の与力様のお仕事だから」

卯之吉は空を見上げた。

「そう言えば、そうだよねぇ。村田さんはどこで何をしていなさるんですかね」

良く晴れた空を見ているうちに、卯之吉の心も次第に晴れ渡ってきたようだ。

「ま、あの人に限って、野垂《のた》れ死《じ》にすることはありえないでしょうけどねぇ」

そう言ってほんのりと笑った。

四

「下手人に死なれてしまったのか」

南町奉行所の内与力の御用部屋。堆《うずたか》く積まれた書類や帳簿の間に文机《ふづくえ》が置かれて、内与力の沢田彦太郎が座っていた。

「下手人を詮議して、調べ書きを作り、爪印《つめいん》を捺《お》させねば、村田の嫌疑《けんぎ》が晴れたことにはならぬぞ」

徳川幕府は役人によって運営される行政機関である。調べ書きを作成し、犯罪者に「間違いありません」と捺印《なついん》させることで、犯罪の案件が処理される。

下手人の死亡は迷宮入りに等しい。

「真の下手人が見つかったはいいが、村田の無実を証明することが難しくなってしまったではないか」

「そうですかねぇ？」

卯之吉は呑気《のんき》に首を傾げている。

「村田様が下手人であると決めつけたのは本多出雲守様でございますよ？　だったら出雲守様をご納得させればよろしいのでは」

「ご老中様が『南町の村田が罪人だ』と言い出したからこそ、話が難しくなったのではないか。ご老中様のご面目《めんぼく》を損《そこ》なうことなく、間違いを認めていただかねばならん」

「でも、そのまま間違いを押し切られたら、南町のお奉行様は、責任を取らされてお奉行を辞めなくちゃならないんでしょう？」

「そうだから困っているのではないか」

「どうしてそんなにお困りですかね？　出雲守様は大金を目の前に積んで差し上げさえすれば、黒い物でも『白い』と言ってくださるお人ですよ？」

豪商たちにとっては、本多出雲守ほど扱いやすい権力者はいない。どんな法令でも裁きでも、金で買える。

「そんな大金が、この奉行所のどこに――」

そう言いかけた時、御用部屋の前の廊下に同心がやって来た。

「申し上げます。北町奉行所の内与力様がお越しにございます」

「生駒殿が？　お通しせよ！」

それから卯之吉に向かって手を振った。犬でも追い払うかのような手つきだ。出て行けと言われているのだと察して卯之吉は腰を上げた。

「お邪魔《じゃま》さまでした」

廊下に膝をついて、部屋の中の沢田に向かって低頭してから同心詰所に向かう。途中で生駒と擦れ違った。

「これは生駒様。ごきげんよろしゅう」

いつものように邪気のない笑顔で挨拶《あいさつ》すると、生駒は苦虫《にがむし》を噛《か》み潰《つぶ》したような顔で睨みつけてきた。

「そのほう、天竺楼の芸者殺しの下手人を討ち取ったそうだな」

「討ち取った？　いえいえとんでもない。捕まえようとしたら、口封じに殺されちゃったんですよ。世の中には本当に恐ろしいお人がいたものですねぇ」

まったく怖がっていない顔でそんな物言いをした。生駒は「ぬけぬけと申しおったな」と、よりいっそう険しい面相となった。

「今月は北が月番だ。抜け駆けの捕り物は許せぬぞ。北町奉行所の体面を踏みにじるつもりか」

「月番？　ああ、そうでしたっけね。なるほど、北町のお役人様が捕まえるべき下手人に、あたしが手を出した格好なんですねぇ」

「白々《しらじら》しく申すな」

「宮地芝居の舞台に上がる女軽業師がいるというので、つい、追っかけてしまったのでしてね。面白そうな話を聞くと、矢も盾《たて》もたまらなくなる性分でして。銀八にもよく叱られていますよ」

「なんの話かわからぬ」

「ともあれ、荒海一家が捕まえた人たちはみんな、北町へ送りましたので、ご存分に御詮議くださいまし。そちらにお譲りしますよ」

　卯之吉にとってみればそれは〝手柄を譲った〟のではなく〝面倒事を押しつけた〟のに過ぎない。

「それでは、ごきげんよう」

　卯之吉はシャナリと腰を折って低頭し、生駒の前を離れた。

同心詰所に入って、いつものように長火鉢の前で居眠りをした。どれぐらいの間、ウトウトしていただろうか、慌ただしい足音で目を覚ました。

「八巻ッ」

沢田彦太郎がすっ飛んできて、火鉢の反対側に座った。

「村田の嫌疑が晴れたぞッ」

「はい？」

卯之吉は寝ぼけ眼《まなこ》だ。

「……あれ？　あたしはもう、本多出雲守様のところへ大金を届けに行ったんでしたっけ？　よく覚えていませんけど」

寝ぼけているらしい。

「違うッ。嫌疑を晴らしてくれたのは生駒殿だ。お前が北町に届けた女軽業師の骸を検めてくださった。『豆吉を名乗った女に相違ない』と確言《かくげん》してくだされたのだッ」

「はぁ、そうでしたか」

「お前の働きがなかったならば女悪党を取り逃がし、村田の嫌疑も晴れず終《じま》い、我らのお奉行が責めを負わせられるところであった！　八巻ッ、よくやった！」

「はぁ。なんだかわからないですけれど、それはそれは。よかったですねぇ」

卯之吉は寝ぼけた頭を右に、左に、傾けた。

「それにしても……村田様はどこに行っちゃったのですかねぇ」


新富町の船宿に生駒がやって来た。暗い座敷には轡屋庄五郎と龍涎堂治右衛門が待っていた。

生駒は二人に挨拶もなく座ると、いきなり、

「牛次郎なる悪党は、牢屋敷にて獄死した」

と告げた。

「八巻に捕縛された際、酷《ひど》く痛めつけられたがゆえに死んだ。調べ書きにはそう書いておいた」

悪党の元締の庄五郎は思案顔だ。

「八巻様には、怪しまれはしませんでしょうか」

「たとえ怪しまれたとしても口封じが先決だ。牛次郎なる小悪党、牢問《ろうもん》（拷問《ごうもん》）の詮議に堪《た》えられようとは思えぬ。これは、そなたの身を守るためでもあるのだぞ」

「これはこれは、ありがたきお計《はか》らいでございました」

「感謝しているようには見えぬツラだ。なんぞ不服でもあるのか」

「牛次郎を始末なされたことに異論を唱えるつもりはございませぬ。しくじった者には死の制裁を加える……それが我らの掟。出来得ることならば手前の手で、始末してやりたいところでございました」

「ならば、なにが不満だ」

「村田様の件にございまする。生駒様が証言をなさって、村田様の冤罪《えんざい》をお晴らしなされたとか……。いったいなにゆえにございまするか。これでは我らの苦労が水の泡」

「この一件から八巻の手を引かせるためだ。南町奉行所も、村田さえ無事ならば手を引く。あとは北町の一存で処分できる」

　生駒の顔は悔しそうだ。

「しつこく八巻に嗅《か》ぎ回られたなら、我らの関与までもが露顕《ろけん》する。八巻に手を引かせるためには村田を救うしかない——。それが上郷備前守様のお考えなのだ」

　龍涎堂は額の脂汗《あぶらあせ》を何度も拭っている。冬だというのに汗が止まらないのだ。

「まことに正しいご判断やと心得まする。南町の八巻様、噂に聞いた以上の、恐ろしいお役人でおました……」

「褒《ほ》めておる場合かッ」

生駒が激昂《げっこう》し、龍涎堂は「ひいっ」と喉を鳴らした。

庄五郎は羽織の袖の中で腕を組み、首を捻《ひね》っている。

「次の策を練らねばなりませぬな」

「若年寄の酒井信濃守様も首尾《しゅび》良い報せを待っておられるのだ。懈怠《けたい》は許さぬぞ」

「こちらも命懸けでございまする。千里眼《せんりがん》と評判の八巻様の眼力が、手前を見つけだすより先に、八巻様のお命を縮め奉《たてまつ》らねばなりませぬ」

生駒と庄五郎は暗い座敷で睨み合った。


船宿を掘割が取り囲んでいる。岸辺には葦《あし》が長く伸びていた。木枯らしに吹かれる葦の葉は枯れて黄色に変じていた。

枯れた葦の葉陰に、一人の男が潜んでいた。

「生駒め……、こんな所で龍涎堂と何を語り合っていやがるんだ……」

汚れた着流し姿で膝まで泥に浸かっているのは村田銕三郎であった。天竺楼から逃げ出して、その後は役宅にも戻らず、生駒と龍涎堂を追《つ》けまわしていた。

(俺を嵌めやがったのはアイツらだ)

誰かが自分の刀に血をつけた。そのせいで人殺しの濡《ぬ》れ衣《ぎぬ》を着せられた。刀を手から放したのは女将に預けた時だけだ。その時に血がつけられたのに違いない。

誰が、どうやって? 料理茶屋の天竺楼は老舗《しにせ》である。幕府の重職も贔屓《ひいき》にしている。信用のおける店だ。悪事に手を貸すことはあるまい。

そうとなると、生駒か龍涎堂が連れてきたお供の者が細工《さいく》したとしか考えられない。

(クソッ、舐《な》めた真似《まね》をしやがって!)

村田の怒りは激しく燃え上がる。

(悪党め、尻尾《しっぽ》を摑《つか》んでやる!)

冤罪が晴らされたことはまだ知らない。真の下手人を捕まえないことには自分の無実を証明できないと思い込んでいる。

村田は船宿の明かりを睨み続ける。夜風はますます冷たくなってきた。

「クソッ、忌《い》ま忌《い》ましいぜ」

冤罪を晴らしたのが卯之吉の活躍だと知ったなら、ますます不愉快になるに違いない。

双葉文庫

は-20-22

大富豪同心《だいふごうどうしん》

闇《やみ》の奉行《ぶぎょう》

2017年7月16日　第1刷発行

【著者】
幡大介《ばんだいすけ》

【発行者】
稲垣潔
【発行所】
株式会社双葉社
〒162-8540 東京都新宿区東五軒町3番28号
［電話］03-5261-4818（営業）　03-5261-4833（編集）
www.futabasha.co.jp
（双葉社の書籍・コミックが買えます）
【印刷所】
慶昌堂印刷株式会社
【製本所】
大和製本株式会社

【表紙・扉絵】南伸坊
【フォーマット・デザイン】日下潤一
【フォーマットデジタル印字】飯塚隆士

ISBN978-4-575-66840-7 C0193
Printed in Japan